U0889262

世界是“贫”的

TALK SHOW

大铭脱口秀

大铭〇著

北方文艺出版社

图书在版编目（CIP）数据

世界是“贫”的，大铭脱口秀 / 大铭著 . -- 哈尔滨：北方文艺出版社，2018.3（2022.8 重印）

ISBN 978-7-5317-4144-2

Ⅰ．①世… Ⅱ．①大… Ⅲ．①随笔 – 作品集 – 中国 – 当代 Ⅳ．① I267.1

中国版本图书馆 CIP 数据核字（2017）第 329329 号

世界是“贫”的，大铭脱口秀
SHIJIE SHI PINDE DAMING TUOKOUXIU

作 者 / 大 铭

责任编辑 / 王金秋 赵 芳
封面设计 / 象上设计

出版发行 / 北方文艺出版社
网 址 / www.bfwy.com
邮 编 / 150008
经 销 / 新华书店
地 址 / 哈尔滨市南岗区宣庆小区 1 号楼

印 刷 / 天津文林印务有限公司
开 本 / 787×1092 1/16
字 数 / 220 千
印 张 / 17
版 次 / 2018 年 3 月第 1 版
印 次 / 2022 年 8 月第 2 次印刷
书 号 / 978-7-5317-4144-2
定 价 / 56.00 元

世界是“贫”的

大铭脱口秀

大铭简介

大铭，本名孙允铭，中央广播电视台总台主持人，中国交通广播“大铭工作室”负责人。现为中国交通广播早高峰节目《向快乐出发》主持人。

曾获“中央人民广播电台十佳主持人”“浙江省优秀播音员主持人”“温州市十佳新闻工作者”“温州市劳动模范”等荣誉称号。

曾多次举办大型脱口秀专场、义卖脱口秀专辑，将筹得的善款分别捐给西南干旱灾区、民工子弟学校，并在全国三十所留守儿童学校建起了校园广播站。

品牌节目《大铭脱口秀》开播十四年来，在新媒体平台点播量超 15 亿。曾出版文集《不吐槽不快乐：生活就是一场脱口秀》。

序（一）

大铭又要出书了，在手机浅阅读大有全民化趋势的今天，一个在广播界赢得了无数铁粉的主持人，能静下心把话筒前激情澎湃的声音变成严谨规整的文字呈现给读者，就值得一赞！

这是他对自己职业的热爱使然，是他一以贯之勤奋敬业的必然，也是他送给听众（读者）的一份美好的礼物。

大铭是央广文艺之声《快乐早点到》栏目的主持人，但他的影响力已经拓展到文艺之外了。外交部领事司一位男领导点名要见这位高大且微胖的男主持，因为他在广播里与之神交已久，希望能将宣传领事保护这样的纯新闻放在大铭的节目里。这可是央广新闻旗舰中国之声的专利！这让我这个曾在中国之声摸爬滚打二十年的老新闻有些惭愧又满是自豪，毕竟我现在是大铭的领导嘛！

事实上，我虽然是领导，但对大铭了解得真不多。作为一个也从血气方刚走过来的新闻人，深知给主持人一个宽松的成长空间，远比在他生日时发一个祝福短信更重要。今天我还有资格给这样一位深受听众喜欢的主持人写个序，可能与我主张成立“大铭工作室”有一点关系吧。

“大铭工作室”是央广成立的第二个主持人工作室。这两个至今在中国广播界也算是为数不多的、发展起来的工作室，都在我的管辖范围，这没有什么可夸耀的，只不过是给了有才华想干事的主持人一个相对自主的平台而已。以主持人为核心、由四五个人组成的团队就撑起了一个广播频率的气质、品格和价值！责任下移，他们带团队拼市场做影响要付出更多的智慧和汗水。

曾有不止一个友台来挖大铭，我记得这个东北汉子脸红红的，有些怯怯地来找我。我真没有不爽，只有深切的反思：有谁是注定要服务于一个机构一个部门的呢！在央广规定允许的前提下，根据对等原则，我很快与大铭签了一个协议，涨薪（钱不算太多，但远比他的领导们都要多）、增加团队运营费用等，同时，节目的收听率等硬指标必须一丝不苟地做到。一拍即合，这让我们转年就收获了一个央广十佳主持人。

当你睡眼惺忪地赶去上班时，大铭和他的搭档们已经在精神饱满地向你播报此时此刻世界正在发生的大小事，开始了他独具风格的大铭的新闻联播。在这背后，是一年四季，每天都得早起，在清晨七点准时坐在直播间里；是每期节目播出的前夜，都得把五千多字的播出稿一字一字地落在纸上；是长年累月对生活、对社会、对听众体贴入微的观察、理解和感悟；是通过坚硬的麦克风，充满热情又有克制的表白与分享。

主持，分明是一个耗力费心的活儿，大铭却一直孜孜为之，乐此不疲。他也应邀参与电影的拍摄，每年定期在剧场奉献他的脱口秀，会与工作室和文艺之声的伙伴们到社区、养老院去做公益……这么多年，无论多难多累，他都始终坚定地在话筒前表达自己，通过广播与听众们紧密地联系在一起。因此，还是让我们听着大铭的《快乐早点到》，感受每个清晨的美丽吧。

让我们读一读大铭的这本书，在墨香中认识这位央广的主持人吧。

时任中央人民广播电台综艺节目中心主任 李涛

序（二）

主播的第二本书要面世了，想想他那些辛苦创作的日子、耗费的心血和熬白的头发，所有的付出就凝聚在这本书里，这个工作狂人也算是交出了成绩单。如果要打分，我给六十分。

始终觉得还有突破的空间，但自主创作脱口秀是个性极其分明的东西，要突破何其难。

这是 11 月的某个夜晚，有些冷，此刻没有其他客人的咖啡店里，困倦的主播却保持着无比的激情在自拍……他说这是一种想选题的方式。

写不下去的时候，他总会找点事情让自己放松一下。能把一件枯燥的事情坚持下去很不容易，更不容易的是坚持了八年。阅历越来越广，听众越来越多，身形越来越胖，和初识时那个穿着白 T 恤、肩膀比我还窄、一百二十斤纸片人身材的毛头少年相比，他好像变了个人。

拍一拍，放下手机，拧着眉头轻抚下巴，一边摩挲着胡茬儿，一边浏览着近期的新闻，这是他每次创作时最普通的状态。写到顺手时，还会面带诡异开心的笑容。文字没有情感，经他的手修改后，仿佛有了生命似的鲜活起来。枯燥的新闻和知识，加入一些他自身的经历和创作，通过他的讲述，变得像故事一样好听。 能够存活八年的脱口秀，是我在媒体从业粗浅的经历里见过最长命的栏目了。

很多人满怀信心投入这一行，却难以实现抱负。广播节目在电视网络的挤压之下，想出点彩十分不易。中国现在有很多人在做脱口秀，其中一些出了名成了腕的人都有团队在背后策划创作，这样也可以分出精力应付其他的事，又不耗费心血。而大铭还保持着最原始的创作方式，完全靠自己找选题自己写。日播节目每天必须创作出一期成型的脱口秀，还要保证基本的质量，偶尔写不出来的时候，对着电脑熬到半夜只能先睡觉，然后第二天凌晨四点起来写，在七点节目开始前无比惊险地刚好写完，他说这样效率高。

真要说起来，我对他的评价是工作满怀激情，其他样样不行。他不拘小节，也毫不掩饰自己的性情，自恋又自负，活得十分洒脱奔放、粗暴简单。他打开电脑字字斟酌，放下工作吃喝玩尽兴，困了倒头呼呼大睡，是我羡慕的类型。很少会看到他因为人情世故而烦恼，他大脑里没有回路掌管那些乱七八糟的职场厚黑学东西。他在工作中是认真的，生活中是快乐的，像个孩子，还保有一份初心。正因为这种少根筋的生活方式，他不懂拒绝别人，好多事情接过来忙得连轴无休，连饭都吃不上，倒没见他恼过，脾气好得很。也曾跌过跟头吃过亏，或许伤害过一些人而不自知。他把精力都给了这份工作，在媒体近十年的磨炼沉浮中找到属于自己的快乐和养分，也逐渐成长起来。

节目里的他，话筒一开永远像打了鸡血，除了影子，谁也看不到主播男在节目之外的样子。你想不到在每个赶往台里的清晨，顶着鸡窝头的主播一出门就快速根据拥堵程度判断要走哪条路。北京的交通最无法估量，特别是雨雪天气，飞驰在三环路上的主播，在停车间隙，还要掏出手机看一看脱口秀文稿顺顺词。

这个序言本来想写得逗一点，很多人都好奇，大铭生活中是否也像节目里那样搞笑，其实他比节目里还好玩一万倍。有时，他却又十分严肃，惜字如金。而这时候，你只要掏出 iPad 调出该死的 NBA 游戏递给他就好，整个世界都是和平的，玩一玩他就睡了，起来继续新生活，把创作人生延续下去。

有次我问他，谁能保证自己的人生里都遇到好事，肯定有不开心啊，他说凡事都要往好处想，你要相信，向前走，无论遇到什么都是好的。

今日立冬，无论你是谁，看到这本书的人，愿你付出的都会值得，愿我们都遇到好事情。

影子敬上

——2015.11.8

女士们 先生们，

Ladies and Gentlemen,

现在是《大铭脱口秀》时间，

掌声欢迎我们亲爱的

Star 铭。

（掌声、呼喊声、尖叫声）

目录

第一章　最难问题奇葩说

第二章 生活百态秀

第四章　不吐不快

第一章
最难问题奇葩说

2017.08.23

为啥只有中国人喜欢喝开水

我觉得中国的女性朋友特别幸福，因为你们不用怕生病。在咱们中国，对女性来说，有两种可以包治百病的神药。

第一种神药是生孩子。如果你是女性朋友，我相信你肯定对你的健康和种种小毛病产生过疑问，但是你的母亲都会用生孩子的事例教导你。你说长痘了，她说生完孩子就好了；你说肚子疼，她说生完孩子就好了；你说自己好胖啊，她说生完孩子就好了；你说自己心情暴躁，她说生完孩子就好了；你说自己身材不好，她说生完孩子就好了……这个神药也有个缺点，就是疗程比较长。

另外一种神药——喝热水，就快多了。发烧感冒，喝杯热水就好了；头疼脑热，喝杯热水就好了；身上寒气重，喝杯热水就好了；肠胃不消化，喝杯热水就好了。

上次徐强他媳妇儿说自己肚子疼，强哥说你多喝热水，结果他媳妇儿非常生气，认为强哥不关心她。她自己去了医院，排队、挂号、会诊，折腾了一下午，最后医生告诉她："痛经，回去多喝点热水。"

其实说到喝热水，真的是一件让我想狠狠吐槽的事儿。从小到大，我是属于只喜欢喝凉水那种人，喝热水根本不解渴。但是爸爸妈妈却告诉我要喝热水，然后科普一万种喝凉水的坏处。最令我接受不了的是，大夏天的，外面三十多度，热得要死，你去饭店吃饭，服务员上来先给你倒一杯热水……不过很多女性，还有很多上了年纪的叔叔阿姨就很喜欢，喝得特别带劲。

有一次我跟我们领导（男）俩人出差，当时我俩住一间房，酒店也不是啥星级宾馆。不是星级无所谓，最令我无语的是，房间里面竟然不提供矿泉水。

半夜，我渴得实在受不了了，看那有个暖瓶，倒出来都是滚烫开水，真是喝不进去，倒了一杯，准备晾凉了再喝，小睡一会儿，结果一睁眼，杯子空了。一个晚上反复倒了四次居然都没喝到！早上我们领导笑眯眯地夸我，年轻人有前途……

我看了一些资料，也问了一些朋友，其中也有外国人，他们对咱们中国人爱喝开水这事儿觉得匪夷所思。各位出国的时候，几乎没有在别的国家享受过进门儿给你倒杯开水的待遇吧？

回头我用微信问我妈："妈呀，为啥你总让我喝热水呢？"结果我妈直接给我转了一篇朋友圈文章："根据中国的传统中医理论，人体以固阳为本。《黄帝内经》讲阴阳者，天地之道也。而在阴阳两气中，又以阳气为万物之本。因此如果希望健康长寿，必须要温阳。而冷水是至寒之物。喝冷水会降低内脏的温度，使得寒气入体，体内虚寒，从而导致阴阳不调，虚热盗汗，易患外感风寒等。相反，热水的温度可以温暖体内的器官，保持体内的阳气。在中医理论中，水能滋阴，热能温阳，热水刚好包含了滋阴的功能和温阳的功能。"

所以，无论你哪儿不舒服，无论你是男性还是女性，喝点儿热水就好了。

看完以后，我觉得特别适用，谁说咱们这儿看病难看病贵啊，一杯热水都有“滋阴壮阳”的功效！

其实说到这儿，这热水到底对人体有怎样的滋养？我不是中医，说不出来真假虚实。我就感觉我从小喝凉水，现在这身体也还不错。当然，我也理解，最开始咱们鼓励大家喝开水，是为了保证饮水卫生，毕竟生水里的细菌和杂质太多。新中国成立后，政府的大力宣传，让那几代人都觉得喝热水是最健康的事儿。

但是我们从西方人不喝开水的事情当中，又可以看到另外一个客观事实，那就是除了体质可能确实不一样，西方很多国家和城市，有些可能没那么发达，但是其城市直饮水系统非常健全，水质好，即使直接喝生水，也不会有什么问题。而他们之所以重视这一方面，是因为被西方人当成圣物一样看重的水，在历史上曾经让他们付出过惨重代价。

在中世纪的欧洲，所谓护城河其实就是环形粪坑。万一有人掉到护城河里，很可能不是被淹死，而是被恶心死的。随后，工业革命加剧了城市人口的聚集，同时航海贸易的繁荣也将霍乱等由于水源引发的疾病，从印度河传入整个欧洲，这导致了欧洲历史上多次大规模霍乱的流行，死亡人数众多，教训非常深刻。

所以，西方开始高度重视水源问题，甭管是不是发达国家，直到今天，西方的水质标准都是世界上最严格的。这一点，也给我们的管理者做了个榜样，亡羊补牢，为时未晚。

咱们国家是一个严重干旱缺水的国家，能喝的水本来就少，如果平时不加保护，以后即使你烧开了，水质依然不会达标。保护身边淡水资源，节约用水，是每一个人应尽的义务。

最后说一句，有病还得去医院看病，多喝开水这种事儿还是不靠谱。但是生孩子这个确实挺好使，别的不说，就说我以前那几个搭档，伍柯、黄欢、乔乔，那时候上早班一身病，又是神经衰弱，又是什么不调的，但是生完孩子确实好了！

因为她们生完就不上早班了。

2017.02.17

共享单车是筋斗云还是照妖镜

中国曾经是自行车的王国。

在三十年前，我们说的结婚三大件，即手表、缝纫机和自行车。那会儿，自驾交通工具主要就是自行车。到 1993 年，中国城市自行车平均保有量达到顶峰，每一百户家庭拥有自行车一百九十七辆。几乎都是一家两辆车，还不用摇号。

我记得我小时候就是在爸爸的自行车上观察这个世界的。大家都知道带大梁的大二八自行车吧！我四五岁时都是直接坐在爸爸自行车的大梁上，小孩儿这么坐有安全感，但是有一点不好，就是偏着坐，时间长了脚会麻，很难受！

终于，有一次去姥姥家，我提议坐后座，因为那样脚不会麻。我爸同意了。结果到达目的地时“悲剧”发生了：老爸把我忘了，直接从后边把腿抡下来，然后我就被踢飞了……到现在我都觉得自己的脑子不太好使，可能跟那次事故是有关系的。

后来随着物质生活水平的提高，汽车保有量的增长使得道路空间资源越来越紧张，让自行车的通行条件和停放条件受到越来越多的威胁和侵占。其实骑车的地方少还不是最致命的，最致命的是偷自行车的人太多了。

上大学时，我们寝室几个人就聊过这事儿。我一同学说他的自行车丢了，买了还不到一星期，特别伤心。另一个就劝他：“你那算啥，我买了一辆自行车，只看了一眼就丢了。”我们问：“怎么能丢那么快呢？”他说：“我托别人帮忙买自行车，中午，我正在厨房煮方便面，只听楼下有人喊：‘小王，车子买回来了！’我从窗户探出头来看了看说：‘啊，放在那儿吧，我这就下去，谢谢啊！’然后，关火，擦手，下楼，一看，车没了……”

那时候偷自行车都快成一个产业链了。有段子是这么说的：一哥们儿去买二手自行车，老板说今天没货啊。这哥们儿刚要走，老板说等等，然后把他带到一个超市门口停自行车的地方，说：“你看好哪辆了，我帮你开锁。”

所以，后来无论自行车又出了什么高端品牌，大家都不敢买。大家唯一能骑的就是“三心”牌自行车：看着恶心，骑着担心，搁着放心。

就这样，自行车渐渐远离了我们的生活。但是你会发现，自行车其实有着不可替代的作用，尤其是在城市拥堵状况日益严重的今天，自行车可以真正地解决我们走路难的问题。

于是，共享单车出现了。

之前公布的《2016年中国共享单车市场研究报告》显示，以市场占有率前两位的ofo共享单车和摩拜单车为例，前者进驻中国三十三个城市，后者则进驻十个，而截至2016年底，二者的单车投放量合计一百三十万辆。共享单车的出现，正好解决了“最后一公里”的问题。不远不近一公里路程，打车浪费，步行又太累，单车可以说是省时省力的最佳选择。从目前的发展趋势来看，到2017年，共享单车用户数将会达到四千九百六十五万人。也就是说，当年的自行车王国，又回来了。

不过，我们身边从不缺少破坏之王，自行车最大的问题还是跟以前一样，人为破坏太严重。而且，破坏的方式都是与时俱进的。最近有好多帖子，都反映了共享单车不幸的“车生”。

有的朋友，直接上了一把自己的车锁，将共享单车变成了私享单车。有的车被街头闲散广告业务人员贴上了小广告，如“重金求子”一类的广告。有的车停放得很奇葩：被停在路中间，被堆放到一起，被用不可描述的姿态放倒，被挂到树上，被扔进灌木丛，甚至还有好几辆车出现在了河里……

除了上述情况，还有各种人为破坏：单车编码被黑车司机喷涂，有人甚至在车座上用扭曲的书法写下用车一百元；还有拆车轮子的，拆车座的；最最过分的就是，居然有人在车座上插了一根针——尖儿朝上的针啊！刚好是非常关键的位置啊！

所以，共享单车像是筋斗云，让我们出行方便，但是共享单车更像是一面照妖镜，看透了你们这帮魔鬼妖精！

中新网得到的最新数据显示，目前摩拜单车在北上广深等十五个城市提供服务，投入数十万辆单车；ofo单车超过一百万辆，在全国三十三个城市提供了服务。另外再加上海淀智享、小鸣单车等等，如果全行业按照百分之一的损坏率来计算的话，可以推测，整个行业被损坏的单车至少超过一万辆。

在这里跟那些城市的破坏之王们说一声，破坏也是要付出代价的。如果单车遭遇恶意损坏，系统会将这些用户加入黑名单，不再对其提供服务。此外，单车平台还会在第一时间报警，协同公安部门定责并要求相关责任人按照损坏情况赔偿或者处以行政拘留处罚，情节严重者将追究其法律责任。

这些便民的设施，需要大家共同维护。毕竟，共享单车让我们的生活更加健康和方便，而且，还富有情怀：多少人当年谈恋爱的时候，就是一辆自行车依偎着，走遍了城市的大街小巷。

我们领导，是一个特别朴素而且有情怀的人。每个周末，他都跟媳妇儿一起骑自行车运动，特别浪漫，让我们羡慕。

那天，他们俩在奥体公园骑自行车，不一会儿，领导媳妇儿就把我们领导甩在了后面。领导媳妇笑着说：“你的身体越来越差了，记得结婚前你从来没让我甩下过。”她说完就继续向前骑了，在朝阳的照耀下，留下了一阵阵笑声。多么美丽温馨的画面啊！我们领导在后面幸福地笑了笑，小声地说：“这不是身体的问题，是现在我懒得追了。”

2017.08.14

乌克兰真的遍地单身美女吗

有时作为一个男人总是有种危机感，这种危机不仅仅是来自工作和学业，还有性别。有调查显示，中国三十岁以下未婚男性要比女性多出两千万，这就注定有些人将会孤独一生，因为老婆是不能成为共享经济的。

很多时候我们把原因归结为工作太忙导致交际圈子小，所以很多学生在选专业的时候都会考虑这些问题。我有一个朋友，大龄男青年，高学历人才，学的是土木专业，但是到现在没找到对象。我俩喝酒的时候，他就跟我吐槽：

“我们学土木的太不容易了，大铭你觉得高等数学难吗？”

“嗯，我觉得代数都难……”

“那你学过理论力学，学过材料力学，学过结构力学、弹性力学、土力学吗？你学过钢结构、有限单元法吗？”

…………

“旁边的人都嘲笑我们学土木的又土又木，我们平时天天学这些，能不土吗？能不木吗？最惨的是男女比例五十比一，你想找个志同道合、土得一样的，都找不到！”

当时我喝了一口酒，实在没敢跟他说我们播音班只有十个男生，但是有四十个女生。

如果你真的想从上大学起就通过数量给自己提升机会的话，那么可以这么选择：如果你是男生，你可以去大连外国语大学，男女比例一比二十二点五，你去了就是一块瑰宝；你要是女生的话，我推荐你可以去旁边的那个大学——大连舰艇学院，这学校男女比例更夸张，九十九点五比一，你去了就是女王大人！

如果你另有远大志向，想找外国友人做终身伴侣，扬我国威，我推荐你去北京语言大学，这是留学生人数最多的大学——拥有留学生七千多人。只要人家同意，你肯定能找到一个。

说到找老外，最近有媒体爆出一个消息，说新西兰男女比例失衡，大量女性难以找到合适的另一半。而最新联合国人口报告证实了新西兰的“男人荒”现象。报告说，新西兰人口将持续增长，预计到本世纪末，将从现在的四百六十万增长到六百万。在男女比例方面，2017 年联合国《世界人口展望报告》显示，尽管全球男女比例为一百零二比一百，但是在新西兰正好相反，女性已经比男性多出七万八千人。这就给大量的中国光棍们提供了“就业”，或者“下岗再就业”的机会……

这条消息，激起了无数中国男网友伟大的国际主义精神，他们纷纷表示要去“解救”新西兰美女。

那么，事实真的像调查说的那样吗？有媒体最近还真的联系到了新西兰各地区政府，了解到了一些数字。虽然女性确实比较多，但是这里面有个会让中国兄弟们失望的现象，那就是人家年轻男女的比例差距其实不大，真正多出来的是四十岁以上的女性。那么，你能接受吗，兄弟？

传说中“男人荒”最严重的国家，并不是新西兰，而是俄罗斯和乌克兰。我们总听说中国打工小伙轻松娶到乌克兰美女的新闻。在我们印象中，俄罗斯跟乌克兰好像都是因为历史问题和社会原因导致男人少，女人多。

而且这俩地方还出大美女，这也吸引了很多中国光棍的目光。

但是事实是，根据俄罗斯联邦的统计数据，俄罗斯 2014 年男女比例为一比一点零七。在二十到三十四岁的适婚年龄段，俄罗斯男女数量基本持平；二十岁以下的男性还比女性略微多些；五十到六十四岁这个年龄段，俄罗斯男性只有女性数量的三分之二左右。乌克兰也是一样的，在五十岁以上的这个年龄段，女性才远远多于男性！

所以兄弟们，不要再做外国美女没人要的梦了！这些消息估计就是为了蒙你移民，等你移过去了，等候你的不是单身美女，而是痴情大妈。战斗民族大妈的实力，你懂得。

说回到我们最开始各位着急找对象的这个事儿。其实能不能找到对象，靠的是缘分，还有你能不能真正为对方付出，放下自己那些不切实际的想法，一起去过脚踏实地的日子。不是说你身边异性多了，你就充满了桃花运。

小时候，爸爸教育我说："中国男人比女人多，如果你不好好读书，你就是那个多余的。"长大了，我学了文科，考上了播音班，发现班里女生比男生多，但是我还是那个多余的。

这还不是最可悲的。我们台两位男主持，满超和刘乐，毕业于中华女子学院，但他们在学校也是那个多余的。

但这也还不是最可悲的。最可悲的是，我以前的搭档黄欢，学的是机械工程，全班就她一个女生，就这样，她还能成为他们班的那个多余的。所以，你懂的！

2017.07.03

为啥中国人那么喜欢玉

最近我一直致力于改变自己的形象，因为很多人一说到东北人，就是五大三粗、炮头戴金链子的大哥形象。我觉得这样太粗鲁，我要彰显自己的文化气质。后来他们告诉我，要想凸显文化气质，不能穿金戴银，太张扬，不符合咱们中国人温润内敛的传统气质，应该戴玉。

我一听很受启发，那天我就到处淘玉和翡翠。这个我也是懂一些的，中国人喜欢玉，说玉能养人。这是有科学依据的，因为玉器当中含有人体健康所必需的有益微量元素，人和玉长期接触能通过皮肤浸润吸收玉石中的矿物质能量，对身体有很大的好处。而且我看过中国著名历史考古文献《鬼吹灯》，其中说到一块杨贵妃当年佩戴的玉，平时含在嘴里，可以清心润肺延年益寿。所以那天我也淘了一个玉佩，北京天热嘛，含在嘴里我也清凉一下。过了半天，别人看着我，问："你舌头怎么绿了？"

后来我找专家鉴定了一下，发现是块绿玻璃，当时我非常伤心，真是世风日下，人心不古啊！今天下了节目我就去退货，不知道我那十块钱还能不能退给我……

不要嘲笑，黄金有价玉无价，买玉买的就是一种缘分。

说到玉跟翡翠，大家都知道最近有这么一个事儿：一位大妈在云南一家玉石店试戴一个标价三十万的玉镯子，不小心手滑，啪嚓一下子给人摔成两截，大妈直接就晕倒了。后来专家鉴定，说这个镯子成本都要十八万。目前双方还在商讨赔偿的事儿。甭管赔多少，这事儿就告诉我们一个道理：珍惜生命，远离玉器。

去过云南的朋友也都知道，那些玉石市场的玉器，个个标价不菲，但是就跟卖菜似的，明晃晃地跟那摆着，都是几十万的东西，这玩意风险太大。

我终于明白为啥女人戴玉镯子只戴一只手了，以前以为戴两只手像哪吒，现在才明白，戴两只手，鼓个掌就直接废了。

其实摔坏东西，按价赔偿这事儿很简单，但是为什么这个三十万玉镯子事件反复拉扯那么长时间没结果呢？这还真的跟玉文化有关。所以今天咱们就简单跟您分析一个问题：为啥中国人喜欢国外的珠宝，但是外国人不喜欢中国的玉？

你看世界上那么多国家和民族，对玉感兴趣的极少。就算缅甸这种产玉大国，人家也只是把它当挣钱的渠道，喜欢的绝大多数都是中国人。表面上看起来是外国人张扬，喜欢那种闪亮的，中国人内敛，喜欢温润的。其实还有一些客观因素。首先，外国人都是喜欢活在规矩下的，条条框框不是约束，而是明晰事理。你就拿钻石来说，钻石看的是重量、色度、净度，还有切工。这些都是能用数字量化的，值多少钱一目了然，不会被骗。但是中国的玉不是，中国的玉没有实际价格，讲的就是个眼缘，有一种好叫你觉得好就好。老外不讲这个玄的，你说玉对身体好，外国人就会问你："请问得用几个疗程？"所以这就决定这个三十万玉镯子事件的理赔过程很纠结。其次，从审美的角度，外国人可能觉得不值。去云南的外国人也有很多，但是有过统计，外国人一般在玉石市场花钱平均也就一百美元。因为在他们看来，如今制造业这么发达，有时候假玉做得比真玉还好看，亲眼把玩的专家也有走眼的时候，所以这行的水太深，人家有自知之明。

据说玉器造假有一种风化的效果，就是用喷砂机喷。喷的时候，工人一边呼呼地喷，一边喊："再过一小时可就到明朝了啊，再过一小时就到唐朝了哈……你要什么朝代的赶紧说，过了可就回不来了！"

当然还有一个最根本的问题，国外大多数国家没有玉文化的历史，但是中国从河姆渡时期开始算，已经有七千年的玉石文化历史了。古时，玉器就受到皇宫贵族的推崇。"玉"这个字，王字里面带一点儿，这是王公贵族佩戴的，所以老百姓也喜欢效仿。咱们中国人喜欢石头跟外国人喜欢石头的方式也不一样，他们讲究的是切割打磨设计，咱们讲的是浑然天成，就算是有设计，也是在石头本身的特点之上进行的再创作，表达的是人石合一。所以从这一点上，玉确实有着中国独有的温润典雅、高贵内敛的气质。

但是还有另外一个问题我一直没想通，就是外国人对玉不感冒，但是为啥咱们中国人对所有宝石都感兴趣，值钱就行。好可怕啊！

不过仅从价格上来看，如果女生结婚跟你要个大钻戒也算是一种勤俭了。大钻戒，成色好的，一克拉的，也就十万。而且这玩意儿比谁都硬，不怕坏啊。正所谓钻石恒久远，一颗永流传。翡翠也能恒久远，但是一摔之后就破产。最主要的是媳妇儿戴玉镯子，以后你还敢让她干活儿吗？

女性朋友们，我得最后送你们一句箴言，真正的中国传统的那种美，不是戴玉就能体现的，只有勤劳才是我们中国真正的传统女性美德。

很多女生都是外表打扮得光鲜亮丽，但是一看家里面，就是个乱“室”佳人。这个你们要像强哥的媳妇儿好好学习一下。他媳妇儿真的是个特别利索的人，看不得邋遢，眼里容不下活儿。每次一吃完饭，她都快速地闭上眼睛，往沙发上一躺。等强哥洗了碗，收拾好屋子，她再睁开！眼里绝容不下活儿！

2016.11.03

你知道你已经被绑架了吗

现在的人离不开手机，手机作为移动终端功能越来越多，也确实填补了人们生活的空白。但凡事都要有度，如果处处都低头玩手机，耽误事儿不说，还特别没礼貌。

一哥们儿不爱讲话，性格腼腆，每次去女朋友家就知道低头玩手机，未来岳母问他话，他也含糊其词。结果，他女朋友怒了："你是不是不会说话啊？你跟我在一起不会是为了蹭我家 Wi-Fi（无线网）吧？"

其实不管是男人还是女人，我们都患上了一种病，那就是远视眼。因为我们看不见身边的幸福，也看不见身边的危险。

这两年我们经常看到因为低头玩手机，结果走路掉坑里的，开车撞人的，滚楼梯的，掉河里的。手机虽然打开了你的视野，但是却阻挡了你的视线。没有视野，你还能幸福地活着，但是没有视线，你还出来嘚瑟，保险都不愿意保你这样的。所以我建议以后给低头族们每人配一只导盲犬。

数据显示，不仅是国人，全世界的人在这个时代都变成了手机的奴隶。全世界总共有二十多亿部智能手机，每位手机用户平均每天要看手机一百五十次。这是什么概念，那就是除了休息时间，每个人每天平均不到六分三十秒就要看一次手机。

你想想，这每天一百五十次，有多少次是你真正的需要，有多少次只是行为惯性，也就是依赖症。

而与此相对的，还有一个统计数据令人遗憾，那就是如果你工作的时候被手机上的信息打扰一次，有可能要花二十五分钟的时间才会回到原本关注的任务上。所以，有时候，我们不能想太多诗和远方的田野，也要照顾一下眼前的苟且。因为在这个时代，苟且才能偷生。

当然，人们患上手机依赖症应该进行更深刻的反思。现在很多朋友没有意识到：手机，乃至整个信息化网络，已经成功地完成了对人类的绑架。这种绑架不仅体现在生理上，就是人的价值观和信仰，也在为虚拟信息所摧毁。

我们所倡导的互联网 +，其初衷是用互联网服务于生活。而现在，所有的互联网 + 从业者，为了生存和壮大，他们不是在服务人类的生活，而是在偷袭人性的弱点。比方说微信和微博，让我们的沟通更方便，让我们能更好地表达自己。但是所谓的网络大V和背后的经济利益链直接让这些社交软件变了味道。微信量靠刷，微博粉靠买，然后摇身一变成大V。

前两天看一哥们儿的微博，我就跟他感叹："哎呀，哥们儿你挺猛啊，微博粉丝一百二十万人。"

"啊，没啥，那一百万是我买的！"

"呃……不过你能有二十万也不少了……"

"那二十万是买完赠的……"

互联网到底是开启民智，还是愚弄民智呢？如今我们看到的每一条新闻推送，每一条明星八卦，每一个突然爆红的网络主播，还有朋友圈里每一个所谓的科学养生知识，背后都有太多的人为利益因素存在。这些内容的生产者，在资讯中加入更多的糖和脂肪，让它更有欺骗性和诱惑性。

很多微信公众号，包括一些权威媒体的公众号，都在用一些极尽诱惑，能让人想入非非的字眼和图片来诱惑你。如“多地女性被牵涉其中，你老婆也可能……”，说实话看了标题的第一感觉是：我可能被绿了，但一看新闻就是讲微商传销被抓了。同样一个公众号，“温州刘女士和同学去野外，结果……”，点进去看新闻内容是被马蜂蜇了。这帮人不仅玩活了中国文字，就连标点符号都能点石成金。

这些做产品的人，没有想用互联网 + 去改善人们的生活。他们思考的第一条准则是：人性还有哪些弱点，我们可以再利用一下？

美国硅谷的许多人员其实已经开始反思这个问题：技术以及技术带来的文化改变，在某种程度上，道德责任已经无法控制了。最终，技术的进步会让人踏上一条不归路，对技术设备上瘾而不能自拔。这就像烟民与烟草公司之间的抗争，最终烟盒上那句“吸烟有害健康”就跟国足必胜一样，只是沦为世界上最没用的一个口号而已。

反省一下自己：这些年来，你是不是已经失去自我控制的能力，逐渐被技术控制？我们的价值观更多来自网络舆论而不是自我评价。所以，全天一百五十次触碰手机，你能不能拿出一次来思考一个问题：手机上哪些东西是满足我们本质需求的，而哪些东西是在利用我们的弱点？

这些事情告诉我们一个道理：天将降大任于斯人，必先卸其 QQ，封其微博，删其微信，去其贴吧，收其电脑，夺其手机，摔其 iPad，断其 Wi-Fi，剪其网线，使其百无聊赖，然后静坐、喝茶、思过、锻炼、读书、弹琴、练字、明智、开悟、精进，而后必成大器也。

2016.06.21

如何一眼分辨网上妖孽

网红，并不是你看到的那么美。

前两天有个V微博影响力大会在北京举行，无数网红现身，其中不乏千万网友追捧的超级网红。但这些网红比我们电台女主播还见光死得快。就这，还是有好多人情迷其中。

前两天我看到一个新闻：一个本来老实巴交的哥们儿，为了给自己喜欢的视频女主播送礼物，不惜挪用了三十万公款。我特别建议这哥们儿去看看那个网红大会，一看就会明白，以前有个成语叫自欺欺人，说得稍微有点现代感的话，就叫美图秀秀。

咱们以前讲过自拍技巧，但是这对于那些痴迷于自己外形的兄弟姐妹来说根本不够。这个时候，美图秀秀就成了最后的法宝。一键拍摄就可以完成美颜的效果，更有厂商开发出美妆应用程序，想换韩式妆、自然妆、明星妆，分分钟满足你。正所谓，自拍一分钟，美图十年功。

你身边有些女人的手机，也不玩游戏，但却经常没电。这些姑娘的费电过程是这样的：自拍找角度花去十分钟，接着是美图秀秀第二波，然后几大社交网络各发一遍，继续看看回复，到这儿百分之十的电就基本没了。主要是拍完了姑娘还要端详着漂亮的照片，一边看一边想，配个什么词儿呢？得想老半天，白白亮着手机屏幕，这才是最耗电的。

黄欢之前也听说美图秀秀不错，可以变漂亮，她立马就下了一个。结果当她拍了张照片想美颜时，美图秀秀总是闪退，她还问我咋回事儿。我说可能系统不兼容，但是心里明镜儿似的，你长这模样，谁看谁不闪退！

自从现在这个世界上有了美图软件，在网上看这些美女帅哥都有种去西天取经的感觉：没一双火眼金睛根本就看不出他们的原形啊！

鉴于此，今天我必须跟大伙儿分享一些这么多年分辨真假美女照片的经验，怎样才能看出照片上的美女帅哥是货真价实，还是二次加工呢？

首先要看背景。为了凸显身材掩盖肥胖，让自己变得更完美，女神们都会把自己的四肢和腰部修得过于纤细，但是往往忽略了身后的背景。仔细看看门框、窗户、柜子、窗帘的纹路，横的竖的，有没有变形歪曲。霍金爷爷告诉我们，质量大的物体会拉扯引力场，让空间产生弯曲。现在很多网红也有这种能力，所到之处空间扭曲、地板变形、门框诡异，而他们就伫立在这个歪曲了的次元中央，扭着细腰丰臀，瞪着一双铜铃大眼，用锥子般的下巴问候整个宇宙。正所谓“看图林志玲，见面罗玉凤”。

其次看耳环。很多修图软件都有自拍瘦脸功能，但是一修改脸部，旁边的物品就会变形。我就看过许多锥子脸，脸旁垂下来的耳环上的珠子都拉变形了。有时也不注意一下头发，明明是直发，到腮帮子那儿就变成自然卷了。

再次看五官。一般妹子都会磨磨皮改改光线什么的，这个很正常。但是如果照片上模糊的只剩五官，什么法令纹表情纹统统不见了，跟杜莎夫人蜡像馆走出来似的，这样的美女很大概率是见光死。你记住一个真理，改得越夸张，长得也就越夸张。

最后来看看大长腿。好多明星在照片里面都是两米大长腿，恨不得从脖子下面就开始分叉，但是看到本人，实在就是个霍比特人。这个分辨的要点很简单，看鞋子。凡是修成两米大长腿的，你看她的鞋起码也有四十五号了……

所以，用我的这些方法再去看这些网红，基本上谁是女神谁是妖孽也就一目了然了。

百度百科是这样解释网红的："网络红人"是指在现实或网络生活中因为某个事件或某个行为而被网民关注从而走红的人。他们与网民的审美、娱乐、刺激及看客等心理相契合，所以网红其实是网民内心的一种映射。

这里有正能量的网红，有才华横溢的网红，这是网民内心天使的一部分。这里也有负能量的奇葩网红，因为某些低俗的视频或某些负面的新闻而爆红网络，然后就有幕后推手去炒作。甚至很多地方还请这些人当嘉宾，你越骂他，他越红。各大视频直播平台一部分所谓的女主播，根本就不是主播，因为她们的动作戏更多，用自己的身体来博得眼球。这其实就影射了网民内心魔鬼的一部分。现在我们总是在说那些不入流的主播的卑劣的炒作手段，与其说是他们三观不正，倒不如说，这就是由现在中国网民的整体素质所决定的。

一个根本就没上过播音主持课程，没有经过正规培训，没有普通话证、记者证、主持人上岗资格证的人，就自称为主播，她们唱首歌就能引来无数欢呼，少穿件儿衣服就能让无数宅男倾倒。

最后我想对网红说，在大浪淘沙的网红时代，更新换代无比之快，“前浪”分分钟死在沙滩上，所以，不要指望一脱成名，不要指望那些公司推手。你要是想一直红下去，努力学习，实现正能量的价值，这才是你们变得更好的唯一办法。这也是这么多年来，我一直在做的。

以前的我，用四个字来形容，那就是：贱，胖，挫，穷。而现在，随着我的努力，一切都慢慢地朝着好的方向发展。现在的我就是：好贱，好胖，好挫，好穷。

2016.06.06

证监会怒撕熊出没

马上就要高考了，最近关于高考的奇葩新闻也特别多。

一考生的妈妈迷上了各种算命网站，为自己的孩子求高考运势。高人指点，说进考场考生要先迈右脚再迈左脚，出考场要先迈左脚再迈右脚，还要穿红内裤。这些行为我倒不知道会对考试能有多少影响，但是我知道有一个东西各位一定要带到身上才能保佑各位顺利考试——准考证。

其实这个妈妈的做法我倒觉得不算是迷信。人在面对一些事情的时候，或多或少都会给自己一些心理暗示，希望借助外力帮助自己，就算实际上不能得到帮助，但是只要能消除紧张情绪，也是一件可以尝试的事儿。不过要是做多了那就真的是迷信了。像之前山西五台县校园盛行举办“谢土”仪式，校领导焚香点蜡，甚至下跪祭拜，老师还会给学生发纸，让他们在下课期间叠纸元宝。万一有家长问起来，这还好解释，我们这是手工课。

说到心理暗示，我觉得您倒是可以更简单直接一点，考前大声喊：“我一定能考好。”“我对自己充满信心。”“条条道路通蓝翔。”“大不了去新东方。”我觉得这个更有用。

前两天在北京金融街发生的“熊出没事件”就是典型的心理暗示案例。

六一儿童节的时候，金融街购物中心弄了一个“熊出没”的卡通展览。不仅商场里面有，商场外面的广场上也弄了小朋友们熟知的光头强和熊大熊二的大塑像。但是有细心的朋友发现，这两只熊在一天里转换了三个方向，到了晚上就突然不见了，只剩下光头强和两只小猴子。

因为这是金融街！旁边都是证监会这种金融办事机构，所以就有了股民们的各种奇葩猜测。

有人说：“你在证监会门口摆俩熊，股票都这模样了，还能不能让人好好上班了。你这跟在警察局门口打警察有什么区别！”

还有网友的版本非常具体：这个“熊出没”雕像本来是金融街购物中心搞的六一主题活动，开始放这个雕像的时候没想那么多，只想让雕像的正面冲着十字路口，这样看到的人多。没想到狗熊的手正好指着证监会，于是购物中心接到证监会的电话，让把狗熊的方向挪一下，购物中心就照办了。但是挪完了以后，狗熊的手又指着交通银行了，然后又接到交行的投诉，要求再换方向。购物中心就连夜讨论了一下，剩下的只有两个方向了：一个指向北京银行，估计也会被投诉；一个指向自己……最后实在没办法，就把狗熊撤了。不禁让人感叹，跟熊大熊二斗了这么多年，光头强终于笑到了最后。

当然这都是坊间版本。后来还是记者采访了工作人员才了解到了真实情况。实际上没有网友们猜得那么高潮迭起，但是也挺有意思。主办方为宣传活动摆在街上的熊大、熊二确实引来了对面邻居证监会的不满。但是理由跟熊不熊的没关系，说是因为熊大熊二的手势不雅，向他们竖起了中指。为了维护邻里关系，购物中心才把两只熊给撤了。

我看了图片，其实这事儿看你怎么理解。

首先我们要说明一点，动画片里的熊大熊二是没有中指的，因为它们一只手只有四根手指。它们伸出的那根手指应该是食指，所以在这一点上，证监会还是想多了。

想多的不仅是证监会，股民朋友想得更多。

有人说："熊大熊二可以拉走，光头强可以留下。希望明天、后天、大后天的日 K 线依然是光头强。"还有人说："明天大盘要是不涨，就是乱动风水闹的，必须转回来。"

有人说："熊，再配上绿地，摆在证监会面前，你考虑过他们的感受吗？"还有人说："熊大熊二换成两只猴子也没好多少啊！熊市变成猴市，上蹿下跳，心脏受不了啊！"

大多数老百姓炒股都是一种投机行为，对这种自己无法控制的事情，往往会更多地祈求运气帮助。这就是典型的心理暗示。

2010年，上交所在一层大厅安放了一只体重六千公斤的铜制东方神牛，希望股市能走牛，但是当时A股仍然熊市绵绵。于是有人猜测：牛放在天花板底下，恰好是个“牢”字，你得把牛放出来才能由熊转牛。两年后，这只神牛终于从室内挪到室外，得以重见天日，但对股市显然也没什么用。要是管用的话，我这种天天喝红牛的人，又是红又是牛我早赚了。实际上我的股票已经深度套牢快一年了。

所以，所谓的心理暗示，只是让自己获得一些心理安慰，并不能改变什么。但是从心理调节的角度讲，它可以让你更积极地面对生活。徐强就是这样一个会自我调节的人。他跟女朋友已经处了十几年了，人家都说七年之痒，但是现在俩人在一起还跟热恋似的。所以我就问徐强：“强哥，你说你跟强嫂这么多年了，咋还能那么亲热呢？你们的爱情是咋保鲜的啊？”

强哥微微一笑，说：“人和人在一起久了都会厌烦。但是有个高人传授给我一个咒语，只要在两个人见面之前，你对着镜子说一百遍这个咒语，就会觉得浑身上下荷尔蒙爆棚，恨不得爱死她！”

我当时都惊了：“强哥，啥咒语这么好使啊？！”

强哥望向远方，眼神突然放空，淡淡地说：“她不是我女朋友，她不是我女朋友，她不是我女朋友……”

2016.05.23

黄欢正式起诉大铭，原因竟是……

以前我经常在节目里面跟大家介绍我的微博名——“大铭的围脖”，但是现在不敢介绍了。因为大家去看我微博，留言，我不能每一条都回。搁以前这也就被称之为高冷，但是现在看来，有被粉丝告上法庭的危险。

前两天，北京市朝阳区法院通报立案登记制实施一周年以来的总体情况。通报提及的一起诉讼与童星林妙可有关：一位网友到朝阳法院要起诉林妙可，理由是他曾在林妙可微博上多次留言，但是林妙可没回复他。他认为林妙可的行为侵犯了其人格尊严，损害了其身心健康，起诉索赔。

看完这个报道之后，我很害怕。我决定为了大家的身心健康，今晚就把这么多年没回的留言每个都回一遍。

这个诉讼让我想起了之前报过的一个新闻：一个哥们儿把赵薇给告了，诉讼原因让人吐血，居然是因为他每次看赵薇演的电视剧，总觉得赵薇在瞪他。这让他非常不爽（这就是我们东北人打仗的典型原因——你瞅啥），所以他把赵薇告了。当然后来法院没理他。

人家拍个戏，前面只有镜头，她知道瞪谁吗？再说我们小时候拍照家长都说，来把眼睛睁大点儿，面对镜头瞪大眼睛是我们的本能！最后替赵薇跟你说一句：“瞅你咋的？！”

还有一个人到朝阳法院去起诉中央电视台，原因是他平时特别喜欢看《焦点访谈》，曾经给节目组打电话提供专题报道线索并且特别热心地把线索资料给邮寄过去了，但最终《焦点访谈》没有采用该选题。结果这哥们儿不干了，到法院起诉，要求中央电视台赔偿他邮寄费两块钱。

找法院裁决，是我们在面对一些个人无法解决的问题时，寻求国家机器和法律帮助的一种方式。但是这不等于什么事儿都要找法院。

朝阳法院的相关人士说："立案登记制实施后，缺乏法律依据的滥诉行为时有发生，一些起诉甚至让人感觉很荒谬，但是仍要给当事人一个合理的指引，还不能简单地说不予受理。"所以说这年头，当个法官真是太不容易了。

其实，不只中国，国外也一样。《青年参考》就记录了几个令人哭笑不得的奇葩诉讼。

据英国《镜报》报道，2014 年，六十二岁的安东·普里斯马在纽约的公交车上被一只狗咬伤了中指。搁咱们这儿，让人家赔钱的话，顶多两千块撑死了。但是这位六十二岁的大爷非常严肃地写了长达二十二页的诉讼状，痛斥纽约政府"侵犯公民权利"，要求政府为他"无法用金钱修复"的创伤赔偿一笔巨额资金。这笔钱已经超出我对数学单位的理解了，"2"后面三十六个"0"。有哪位大神可以告诉我，这是什么单位。总之，这个金额已经超过人类历史资产的总和。这位大爷用实际行动告诉我们，政府归政府，但是你大爷还是你大爷。

还有一个叫罗伯特·李·布洛克的囚犯自己告自己。他认为酗酒破坏了自己的宗教信仰，所以他把自己告上了法庭，并且索赔二百三十万英镑。有朋友纳闷儿了，这有意思吗？且不说这事儿合理不合理，就说自己向自己索赔二百三十万，那不还是一分钱没挣吗？这就是这哥们儿精明的地方了。布洛克称，由于自己仍在服刑，无法还清欠款，因此美国政府应该替他还债，也就是，自己告了自己，最后把国家的钱给挣了。法官当然不傻，对他的请求予以驳回，但是却对他的“创意”表示了赞赏，说“这个想法还算有几分新意”。

同样奇葩的还有一名哲学系的学生，其所在的伊拉斯谟大学的教授和同学们抱怨该男子的脚不停散发恶臭导致大家无法专心上课，他因为脚臭而被大学开除。该学生因此决定起诉那所大学。经历了长达十年的诉讼后，2009 年，法官终于判决校方败诉。法官说：“如果你们无法忍受，以后最好捏住鼻子。”

咱们还是回到中国来看看吧。2015 年 4 月通过的《关于人民法院推行立案登记制改革的意见》要求，对人民法院依法应该受理的案件，做到有案必立、有诉必理，切实保障当事人的诉讼权。加大立案信息的网上公开力度，推动完善诉讼收费制度，解决老百姓立案难的问题。

这是中国法治社会的一个巨大进步。但是开窗就会进苍蝇，你什么案子都要立，那么一定会出现虚假诉讼、恶意诉讼、滥用诉权等问题，甚至有些诉讼目的本身就是违法的，这样的行为会耗费司法资源。所以在法律上，也会对这样的行为做出相应的惩罚。

也有评论认为，立案登记制带来的奇葩诉讼，法院不应该看作是负担，而应该看作是澄清诉讼本质的契机。奇葩诉讼本身具有不可小觑的法治价值，假如法院能够积极应对，做出合理的裁决，将是非常好的“普法橱窗”。

如今老百姓的维权意识越来越强，这是好事儿。在反复磨合中，法律意识在每个人的脑海中就会更加清晰。比方说最近我们黄欢同学要到法院告我，这是让我特别伤心的事儿。当时她都找律师了。

黄欢跟律师说：“大铭说我长得像河马，我可以告他恶意中伤吗？”

“可以啊。什么时候的事儿啊？你得有证据啊！”律师回答。

“证据有啊，就两年半前的一期节目说的，我们都有录音的！”

“……两年半前的事儿，你咋才想起来要起诉呢？”

“这也不能怪我，我也没见过河马啊！我上周末去了北京动物园才发现河马长啥样。死大铭你太过分了！”

2016.05.12

如何让自己变成莎士比亚

2016年是莎士比亚逝世四百周年。

莎士比亚是欧洲文学巨匠，也可以说他是世界文学历史长河中最闪亮的一颗明星。莎翁的伟大之处，不仅仅在于他的经典作品为后世留下了巨大的知识宝库、历史考古依据、动人的悲剧故事，还有他的每一句话，拿出来，都能够成为影响一生的至理名言。例如：

1. 笨蛋自以为聪明，聪明人才知道自己是笨蛋。

2. 书籍是全世界的营养品。生活里没有书籍，就好像大地没有阳光；智慧里没有书籍，就好像鸟儿没有翅膀。

3. 富贵固然和友谊的好坏无关，但是贫穷却最能考验朋友憎爱分明的真假。

…………

由于莎士比亚说过的名言太多，导致现在很多人随便说一句话就说是莎士比亚说的。在百度上，莎士比亚语录比比皆是，但很多都是一种美丽的瞎扯。那天蕊希看见一个帅哥就犯花痴，说：“莎士比亚说过，第一次见一个人，体温在三十八点六摄氏度，就叫一见钟情。”当时我就教育她：“妹子，摄氏度的提出者 1701 年出生，莎士比亚 1616 年就去世了，他应该不知道摄氏度是什么东西……”

在此，我呼吁大家不要再使用莎翁的名言来掩饰自己文化的匮乏了。我告诉大家一个更好的方法，可以让你在写作和说话时，立马就能变成莎士比亚。

据我观察，莎士比亚说话的风格就是，要多啰唆有多啰唆，要多麻烦有多麻烦，有多少词儿就堆多少词儿，能五个字说明白的话，起码得写一百个字。具体技巧如下：第一，主动句一定要改成被动句。如“陛下禁止”这句话，莎士比亚就一定要说成“这是不被陛下允许的”。第二，绝不使用网络和粗鲁词语，各种不搭边的优美词汇您甭管合不合适全都用上，称呼应该注意使用敬语，如“您”“阁下”“大人”……以体现帝国宫廷的尊贵。如果有强烈的感情需要，只能使用“该死的”“见鬼”这样的词语。

接下来，我将用莎士比亚的风格给你主持《快乐早点到》，让你惊情四百年。

“嗨，绅士们，淑女们，早上好，很高兴我们又见面了，欢迎阁下收听像爱琴海海浪声一样优美动听，像阿尔卑斯山一样坚实可靠的《快乐早点到》。哦，谁说不是呢？

“今天的天气不错，事实上，我这里已经很久没有放晴了，嗯，像现在这样。是的，这真是太奇妙了。

“你知道，能坐到这里并不是容易的事。在下放弃了和一群高尚的朋友们外出吃早餐的机会，你知道，本来那里有新鲜的飘香拌面和鄙人最爱的北冰洋汽水……当然，最重要的是，老板娘的眼睛就像宇宙中的星辰一样闪闪发亮，她丰腴颀长的脖子比池塘里游来游去的天鹅还要白。她还有珍珠般光洁的牙齿，咯咯地向你憨笑。哦，这真是美极了！

“但是我并没有去，我因为整夜惦念着收音机前的大人们，所以义无反顾地上班来了！哦，不，双井的路况真是糟透了！我诅咒这该死的路况一万次！但愿它的老祖母在地下不得安宁！

“过了一段我才发现，原来是两个愤怒的骑士在混乱成像蘑菇浓汤一样的三环上发生了一次不该发生也不允许发生的并线剐蹭。现在这两个可怜的人无助而又激烈地对峙着，看来这是一场公平的决斗。

“我亲爱的朋友们，也许是时候听一些忠告了，虽然难免会有些刺耳，但不可否认的是这将非常诚恳。生存和毁灭并不是问题，你要完全挥起那来自快乐国度的闪亮的利刃，劈开头上那阴霾的颠倒是非黑白的乌云，让所有该死的不快乐，统统见鬼去吧！快乐早点到，给生活加点料！哦，是的。”

2016.04.12

如果领导让我当狗……

前两天我们说过，电台作为一个播出部门，对员工犯错的处罚力度是非常大的。比方说主持人不能迟到，不能空播，四秒钟没声音就算事故，要是几十秒的话，你将在这个楼里人间蒸发。说蒸发是开玩笑，但是罚款、开除等真的很正常。这不像小时候，有家长和未成年人保护法撑腰。当步入社会后，你就要对自己负责。

这就跟我朋友养猫似的。他跟我说他特别想养只猫，但是又没时间，也没耐心，更没精力去照顾，所以他问我可不可以把它寄养在我这儿，费用他出。心情不好的时候，他就来逗逗它。我跟他说："你这不是养猫，你这叫嫖猫！"

这个故事告诉我们一个道理：成熟跟幼稚最大的区别，就是慢慢学会担负起一些责任，能接受奖励，也要能承受处罚。可是有的时候，工作上的处罚，不是罚款这么简单。

近日，一段某公司为"激励"未完成销售业绩的员工，让他们当街下跪爬行的视频热传网络。视频中，十多名员工沿着人行道下跪爬行，引来众多市民围观拍照。据说刚开始只是为了惩罚没有完成业绩的员工，后来其他员工也纷纷自愿加入其中。随着前方某男一声高喊"开始履行自己的承诺”，大家纷纷双膝跪地，双手支撑，沿着人行道向前爬行。

如果是这种惩罚方式，你能接受吗？我相信大部分的朋友都接受不了。但是在中国的很多公司中，这种伤害自尊的变相体罚特别常见，而且美其名曰“企业文化”。更奇葩的是，很多人自愿参加，这个所谓的“自愿”也只是向潜规则低头而已。

这就是这个社会最奇特的一个现象：我们不以吹牛拍马扯淡忽悠为耻，反而觉得这是一种生存手段，甚至是办事方法。而单纯反倒成了一种缺点，现在你要说“你这个人太单纯了”，居然是一种批评！

在中国，“单纯”什么时候跟“傻”成同义词了？

2015 年 7 月的一个下午，烈日当头。四川达州一大型装饰城门前的路上，三名男子手膝着地，在地上爬行，引来过往路人的围观。有“知情人士”向路人透露，这是一家装饰公司因为没有完成经营任务，公司高管带头实施自我惩罚。这是男员工，女员工虽然不用狗爬，但实际上更惨，她们要把眉毛剃掉。

再看福建金山的这家房产中介，店里负责人立了条新规，上班迟到的人，要和同事玩掷骰子等游戏，输了要接受“惩罚”。惩罚包括做俯卧撑、亲嘴等，惩罚内容由其他人定，输家只能接受，而且真的有人亲嘴了……

我想跟我们领导说，实在不行咱们也这样吧。因为这事儿放我身上的话，跟谁对我来说都是福利。

在佛山，经常会出现一群在光天化日之下裸奔的人，他们是某健身俱乐部的业务员。他们因完不成公司布置的拉客任务，就必须在“裸奔”“下跪”“吃苦瓜”“乞讨”等多种惩罚方式中选择一种。该健身俱乐部负责人表示，这是对员工的一种锻炼方式。

我真的纳闷儿，有四个选项呢，为什么要选择裸奔？吃苦瓜不行吗？你们是不是本身就爱好这个？

我在节目上播过一条新闻：一个骗子团伙弄了一个假的高薪招聘，应聘者有一百多人，最后进笔试的有四十个。骗子说为了防止作弊，让把手机都交上来，再说说开机密码是什么，最后骗子带着这四十部手机消失了。就这么简单可疑的骗局，这些来应聘高薪职位的人才居然都上当了。其实从某种角度来讲，这跟侮辱性体罚有着一点共通之处，就是企业强势，员工弱势的社会现象。企业及其管理层高高在上，不把职工的权益当回事。员工没有话语权，面对“奇葩惩罚”，为了生存，成了“沉默的羔羊”，不敢反驳，不敢维权。

请记住，《中华人民共和国劳动法》第九十六条规定：用人单位有侮辱、体罚、殴打、非法搜查和拘禁劳动者的，由公安机关对责任人员处以十五日以下拘留、罚款或者警告；构成犯罪的，对责任人员依法追究刑事责任。

在中国，发生了这么多侮辱劳动者的行为，只是被我们拿来“啊”的一声惊叹，却没有引起劳动和执法部门的注意，请问法制何在呢？而面对无理要求，员工却为了所谓的混，居然安之若素，请问尊严又何在呢？

还好我们文艺之声是个讲素质有文化的地方，领导都温文尔雅，知书达理，上通政事下同民情，他们不会干出这种事儿。但是就算有一天，我们领导真的跟我说："大铭，你收听率太差了，你给我学狗爬！"那么，对于这样的领导你还有什么好说的，要是我，会直接送他四个大字："汪汪汪汪。"

2015.12.09

如何看透他在说谎

我发现咱们真的特别喜欢说谎，每天在各个场合都能听到，如：“姐你又年轻了。”“今天这件衣服真好看。”“您孩子真听话。”“领导今天气色不错啊！”

去饭店，半天没上菜，你着急：“服务员，菜什么时候好啊？”服务员装作去后厨，过一会儿出来了：“哦，您的菜马上好。”结果又等了半个小时。更有过分的服务员连后厨都懒得去，就一回头，然后说“十分钟”。哥们儿你是透视眼吗？

老师这个行业，教书育人，本来不应该说假话，但是从小到大，我的老师一个比一个能蒙人。小学时犯错误，老师找到我，问：“你跟我说实话，我不告诉你家长。”于是我信了。结果老惨了。

当然，后来我也说了句特假的话。我爸要打我的时候，我说：“我下次再也不敢了！”

初中最喜欢的课就是体育课，结果我们班主任最常说的一句话就是：“这节课体育老师请病假了，改数学课。”我就纳闷儿了，为什么教体育的老师总生病，教数学的老师身体这么好？这不科学啊！

除了老师，身边那些所谓品学兼优的学生也喜欢说谎话。每次考完试，我们班考第一的那个都会说：“唉，这次又没考好。”成绩一公布，我觉得我已经够好了，结果他比我多三百多分儿……

出去打球，那些打球的也说谎话。最开始你在那儿玩，他们过来几个要加入，还说“我们都不会玩儿”，结果衣服一脱全都是球霸。

人太爱说谎了。

美国马萨诸塞大学的心理学家罗伯特·费尔德曼做过一个实验，请所有参与者在身上携带一个微型录音机，记录自己一天的谈话。他的分析结果是，每十分钟的谈话中，就会出现三个谎言。

很多家长总纳闷儿，自己的孩子莫名其妙就会说谎，这是跟谁学的呢？

其实这一点，美国的科学家早就有所发现了。他们研究发现：人说谎的能力在三岁左右就被开发出来了。研究人员将一群三岁大的幼童安置在一个房间里，周围摆放了一些新奇的玩具。研究人员告诫孩子不可以转头去看那些玩具，然后离开。五分钟后，研究人员回到房间，问每一位小朋友：“你偷看了吗？”尽管录像显示有百分之九十九的小朋友回头偷看了，却只有百分之三十八的人说实话。而另一项针对不同年龄层小朋友的实验则显示，小朋友的年龄越大，就越有可能说谎。到了十二岁，几乎每个儿童都会撒谎。

所以不要把说谎当成一个原则性的问题那样严肃对待，更不要吹嘘自己从来不说谎。这句话本身就在说谎。行为学专家保罗·埃克曼博士认为：“说谎是人类社会的重要特性，人们在社交活动中应正确理解说谎现象。有时候，善意的说谎是必要的。” 而人都是有感情的动物，说谎已是我们生存的一种本能方式。

那么问题来了，人为什么要说谎呢？

研究证明有以下几个原因：第一，说谎是为了给别人制造积极的印象或保护自己免于尴尬或被拒绝；第二，说谎是为了要获得利益；第三，说谎是为了避免惩罚；第四，说谎是为了使他人显得更好或为了另一个人的利益；第五，说谎是为了社会关系。

其实为保护自己、为他人考虑或者维护社会关系而说谎，我们都是可以理解的。但最不能容忍的谎言，是那种为了获利和避免惩罚的。

我来说一个这两天最让人愤怒的谎言。12 月 5 日，山东小伙郭强在天津西青区某小区前为救轻生同事不幸溺亡。让其家属十分气愤的是，郭强明明是救人牺牲的，但获救的同事和另外两名当事人却一口咬定，郭强是因为感情问题而自杀的。后来，由于警察的怀疑，再加上多人提供的证言，三人才改口还了郭强清白。

人家明明牺牲了自己，把你救上来，你反倒说人家是自杀，自己没来得及救他，说这话亏不亏心呢？网友说他们狼心狗肺。我觉得有点过分了，不能这么侮辱狼狗，因为狼狗还是非常忠诚的。

如果没有这些目击证人，难以想象因见义勇为而牺牲的郭强，他的英灵会不会变成冤魂！所以，这种谎言才是我们最恨也是最怕的。谎言可以颠倒是非，可以道德绑架；可以让英雄变小丑，可以让小丑变英雄。

最后还是说点儿轻松的吧。看过美剧《别对我撒谎》的朋友都会有这样的经验，一个人撒谎时，跟他正常说话是不一样的。所以除了判断他说话的逻辑性，通过微表情，你也能察觉到这个人有没有跟你玩猫腻儿。

说谎的人在交谈中不爱提及名字。因为心虚的人总想拉开和别人的距离，所以，他们的谈话中很少提及参与者的姓名，而是用“那个人”或“别人家谁谁”等代替。还有些说谎的人会一边说话一边吞口水。这个小动作，说明对方心里已经承认了某事，但嘴上“硬扛着”，想要拒不承认。还有人说话时会倒退一步。因为撒谎的人内心总会恐惧，所以，问到敏感的问题，他们会下意识地后退一步，以保护自己。还有回答问题的时候摸脖子，这是撒谎的经典动作之一。说谎时由于神经系统的反应，脖子会有刺痒的感觉。同理，如果边说话边摸鼻子，也值得怀疑。

双手抱胸或手插裤兜这个姿势很常见，但是意味深长。这是防备的姿态，说明对方此刻心情紧张，可能有“鬼”。但是我个人觉得手插裤兜也不一定是为了掩饰谎言，也可能只是为了耍帅。

我们领导以前拿这个测试过我，他问我觉得节目怎么样，我说：“他们都说我节目可好了。”这就是典型的交谈中不爱提及名字。于是领导继续问：“他们是谁？”

“他们”就是我。

于是当时我们领导送我一句评语：“这个世界上有些人是靠脸吃饭的，不像你啊，你一直都是靠不要脸吃饭的。”

2016.06.29

冰岛为啥这么冰

欧洲杯激战正酣，全世界足球氛围都特别浓厚。

昨天我在小区楼下望天儿。有一群小屁孩儿在那儿踢足球，皮球滚到了我这儿。小孩儿在那边儿喊：“叔叔！球！谢谢！”于是我闲庭信步，

助跑摆臂扭腰，张开双臂，标准的贝克汉姆的姿态，然后抡圆了一脚，结果没踢着，腰差点儿闪了。那帮小屁孩儿一顿嘲笑。我非常愤怒，再抡圆了踢，还是没踢着球。我正尴尬呢，那边儿有个小孩儿说："叔叔，你把你穿的那英格兰的队服先脱了，再试试。"正所谓"穿了英格兰，踢球很艰难"。

英格兰足球现在被黑到如此地步，真的一点儿都不冤。堂堂的三狮军团，传统豪强，拥有世界上最好联赛之一的英超，拥有全世界最豪华的球星军团，自从2006年世界杯，万人迷贝克汉姆在对阵厄瓜多尔打进一个任意球险胜后，此后十年间，英格兰在世界大赛的淘汰赛阶段，一场都没赢过，无论对谁。由于英格兰每次都能给人以强队的假象，看到这个阵容跟小组赛表现，你总会对它信心满满，但是然后就没有然后了。所以它是在博彩界最不受待见的球队。

最新给英格兰补上狠狠一刀的球队是冰岛。在欧洲杯第一阶段淘汰赛中，英格兰竟然一比二输给了人口只有三十几万、国土的八分之一被冰雪覆盖、曾经破过产如今大多数人吃喝玩乐悠闲度日、球员几乎都默默无闻

的冰岛。第二天，英国所有的媒体头条都基本被震惊和耻辱占据。目前英格兰国家队已经坐飞机回国。有英格兰球迷感慨：“扛起威尔士的是贝尔，扛起法国的是格里兹曼，扛起葡萄牙的是C罗，扛起英格兰的是英国航空。”也有球迷长叹一声：“从今天开始，我们真是彻底地脱欧了！”

今天的内容可能会让很多不是球迷的朋友有点儿费解，心想冰岛不就是赢了一场球，有什么了不起的？还真的挺了不起的！咱们就用最简单粗暴的方式看看冰岛到底有多么神奇。

首先这是一个所有专业足球解说员都不待见的球队，不仅是没有什么大牌，解说比较乏味，最主要是这个国家叫松的人实在太多了。场上十一名选手，各个都叫松：

1 号哈尔多松；

2 号塞瓦尔松；

6 号西于尔兹松；

7 号格维兹门松；

8 号比亚尔纳松；

9 号西格索尔松；

10 号西于尔兹松（跟 6 号重名）；

14 号奥德纳松；

15 号伯兹瓦尔松；

17 号贡纳松；

23 号斯库拉松。

光念这些名字我都念不下来，可见解说员当时的心理是多么崩溃！

在这里稍微科普一下，为什么冰岛会有这么多的人都叫松呢？其实这就是他们比较独特的传承姓氏的方式。他们不继承父亲的姓，而是继承父亲的名，然后在后面加一个 son，就是儿子的意思，最后，把这个词当成自己的姓氏，比方说约翰·古德尔松，他的儿子就叫约翰松。

这些球员基本都没有太大的名气。如果我们用工资多少来衡量一个人的能力大小，那么在这里完全是行不通的。英格兰国家队全体球员的总身价是三亿三千五百万英镑，而冰岛所有球员的身价加起来只有三千万英镑出个头，只是人家的十分之一。英格兰主教练霍奇森拿着整个欧洲最高的年薪五百万，而冰岛两个教练的年薪只有他的不到十分之一，其中一个教练没办法，还兼职干牙医。所以有人说，冰岛都能爆冷门，那咱们中国有一天也会爆冷的！

这就是今天的重点了。我认为，冰岛干掉英格兰其实根本不算什么冷门，一方面英格兰确实……（此处省去一万字。）当然，最重要的是冰岛并没有那么弱！你们都被它三十几万的人口数字迷惑了！人口多少跟足球水平是没有任何关系的。否则世界第一就应该是中国，世界第二是印度，第四是印尼，第六是巴基斯坦。

冰岛有着极强的足球基础。它的国土面积只有十万零三千平方公里(相当于咱们的浙江省)，而且很多地方都被冰雪或者火山覆盖。但是它却有七个标准尺寸的室内足球场，有二十到二十五个人造草坪足球场，还有大约一百五十个小型足球场。您想想，它只有三十多万人口，也就是说他们平均二千一百五十人就有一个足球场。而北京的足球场一共就一百出头，但是要被两千万人瓜分！

更夸张的是，冰岛的青壮年男子的数量不到五万。每两千个冰岛二十至四十岁的男人，就有一人能入选国家队出征欧洲杯。什么意思呢？放在我们大北京，就相当于“一个小区出一个国脚”。

正是因为有了这样的足球基础，冰岛才可能仅用四年的时间就取得了从 2012 年的世界第一百三十三名爬升到世界第二十三名，现在是世界第三十四名的强大战绩。所以，冷门不冷，冰岛不冰！

足球的世界，没有所谓的冷门，只有真正的努力；没有所谓的豪门，只有坚韧的毅力。最后奉劝各位，在世界足坛有四大谎言，千万不要相信，那就是：1. 英格兰很强；2. 意大利不行了；3. 阿根廷有冠军相；4. 国足打平就出线。

2016.06.16

最难问题：我是怎么来的

同事的孩子曾经问我：“唐老鸭为什么姓唐？”这让我无言以对。如果我跟他郑重其事地讲这是国内翻译的，就会打破孩子对童话的向往。所以，我只能硬着头皮说：“因为唐老鸭喜欢吃糖。”结果这孩子又问我：“米老鼠为什么姓米？”我只能顺水推舟地说：“因为米老鼠爱吃米。”但是最让我崩溃的是，他又问我：“史莱克为什么姓史？”……直到现在我都还觉得特别对不起史莱克先生。

其实在孩子提出的所有问题当中，最难解释的一个，你肯定知道，那就是：“爸爸妈妈，我是怎么来的呢？” 你说这怎么跟人家解释呢。中国人跟外国人不一样，咱们在这方面的教育几乎为零，基本上都是自学成才。很多家长逼急了没办法都是这么回答的：“孩子，你是我们从垃圾站捡的啊。”第二天，小孩儿就跑垃圾站了：“我也捡一个，我也要当爸爸！”

其实我们都知道这样的回答只会让孩子感到非常沮丧。等到以后进入叛逆的青春期时甚至会对父母产生误解：怪不得你们对我不好，因为我是捡来的！

还有的说得很对付：“等你长大就明白了。”这话是没错。我们小时候也没学过，但是长大确实明白了。可是你要知道，孩子都是充满好奇的，你不告诉他，他也会去问别人。这种事儿还是作为父母亲自说会更靠谱一点儿。

还有的说得特别玄幻：“你是从妈妈的肚子里钻出来的啊。”从过程上讲，确实如此。但是小孩儿不了解就会纳闷儿：“那你当初为什么要把我吃进去呢？”

当然，你太科学了也不对。小孩儿问你：“我是怎么来的？”你告诉他：“活动的精子通过子宫进入输卵管与卵子相遇、受精，受精卵再经输卵管被输送到子宫腔内，寻找合适的落脚点，然后着床，在子宫腔内生长发育直至足月分娩。你就这么来了。”这话我就不信哪个孩子能听懂，很多大人都听不懂。

我们必须明白一个道理，孩子这种提问并非是真的要探讨两性关系，人家只是好奇而已，人家也没你想得那么复杂。所以父母们无须为此担心，尽量将正确的答案以一种孩子能够接受的方式讲出来就行了。

我认为真正好的解释，是既要形象生动，还要充满浪漫童真；既要说明问题，还不过于写实。

那天我们台黄欢的小孩儿就来问我，我说这事儿问你爸你妈去啊，她说他们不告诉她。我本着对孩子负责的原则，就特别认真地讲述了她诞生的整个过程：“孩子，你知道吗？爸爸有很多种子，有一天，爸爸把其中一粒小种子放进妈妈的肚子里，它和妈妈肚子里的另外一粒小种子结合在一起，那就是你。然后你就在妈妈的肚子里慢慢生根，慢慢发芽，慢慢长大，慢慢能听到声音，也会动弹了。等到你快有小熊玩具那么大的时候，你就会觉得妈妈身体里太黑了，开始又踢腿又晃脑袋，想要出来。当大脑袋的你长得足够大时，妈妈就会到医院里，请医生和护士阿姨帮忙，把你找出来，所以你就来到这个美丽的世界了！”

黄欢的小孩儿特别开心：“我终于懂了，谢谢大铭哥哥。大铭哥哥，我还有一个问题，既然爸爸有那么多种子，他为什么不分享给其他的阿姨呢？”

…………

这个叫什么问题啊！你爸同意，你妈也不同意啊！但是这问题，我怎么跟她解释呢？最后我抓着孩子的手，语重心长地对她说：“孩子，刚才哥哥逗你玩儿呢！其实啊，你是从垃圾堆里捡来的……”

2017.08.08

中国无聊的抬杠文化

不会聊天的人有很多种。有木讷接不上话茬的，有不知深浅哪壶不开提哪壶的，还有特别能东拉西扯，但是净说你一点儿兴趣都没有的。其实我更反感另一种——说话专门儿跟你抬杠的。

这种人特别奇葩，你说什么他都能跟你唱反调，然后一句话直接噎死你。比方说我跟大迪，平时在聊第二天节目用什么新闻的时候，我就跟她说："大迪啊，你选择新闻要找那些权威媒体有报道的啊！"结果她问我："朋友圈算权威媒体吗？"我很无语："……那怎么能算权威媒体，起码得是新华社这样的啊！权威媒体都不报道，那不都是不靠谱的小道消息吗？"结果大迪跟我抬杠："新华社也没报道过咱祖宗啊，那咱就真没有吗？"

我一口老血喷出来！

其实，抬杠人不是为了证明自己的观点去辩论，而是为了跟你唱反调去辩论。所以后来我擦了擦血，说："大迪啊，你对！朋友圈的也算，行了吧！"结果她问："为什么算？"我说："起码有图有真相。"她说："那没图就没有真相了呗！大铭，你有咱祖宗照片吗？"

我又一口老血喷出来！

其实抬杠不仅是个性使然，这也是中国传统文化的一种非常畸形的发展。历史上从不缺乏抬杠大师，而且还都是文化人儿。其中最著名的就是“子非鱼，安知鱼之乐”。有一次，庄子和好朋友惠施在河边游玩，看见河里的小鱼自由自在地觅食，庄子随口说：“你看那些摇头摆尾的鱼儿，真是好快乐啊！”结果惠施说：“你又不是鱼，你怎么知道鱼是快乐的？”庄子说：“你不是我，怎么知道我不知道鱼的快乐？”惠施继续抬杠：“我不是你，当然不知道你的快乐，你也不是鱼，所以你也不知道鱼的快乐。”庄子说：“乱了，乱了，还是回到谈话的开头，你问我怎么知道鱼是快乐的，你这么问，说明你已经承认我知道鱼的快乐。”

我相信当时惠施跟我一样，也是一口老血喷出……这就是中国文化史上最著名的“抬杠”。但是读书人不能叫抬杠，人家叫哲学。

真不明白文化人的世界，出去踏个青那么多废话干啥啊！我要是看到河里有鱼，第一反应一定是这鱼能不能吃。

后来，惠施去世了。庄子经过他的墓地，万般不舍，一步三回首，说：“自从惠施死后，我就再也没有抬杠的朋友了，再也没有人和我边走边谈了。”后人感叹，人这一辈子，知己真难求啊。我心想：你要是少跟人家抬杠，人家说不定还能多活几年。

中国历史上像这样喜欢抬杠的大师太多了。我记得清代还有个抬杠大师叫毛奇龄，史书上对他有一句评价：“他人所已言者，必力反其词。”苏轼有一句诗我们都知道，即“春江水暖鸭先知”。毛奇龄看了以后非常不屑：“春江水暖，凭什么一定鸭子先知道，鹅就不行吗？”这不就是抬杠嘛，你要非得较真，别说鸭子跟鹅了，鱼、虾、水獭、王八、淡水鳄都先知，但是都写出来那就不是七言绝句了，那是动物世界。

中国的辩证哲学虽然文化底蕴深厚，但是中间总会夹杂一些诡辩，其实差不多就是抬杠文化的出现。辩论是观念碰撞，要明辨是非；诡辩是玩文字游戏，最后混淆是非，对我们如今的文化影响非常大。

以前在学校有辩论赛，包括电视上也看了很多，一直看不懂一个问题，就是正方反方是通过抽签决定的。反正我抽到哪边就说哪边的话。于是辩论赛更像是一场抬杠大会，看不到是与非的原则，但培养出了一批口若悬河却口是心非、脱离实际却横竖都有理的狡辩家。

你说“宰相肚里能撑船，做人要宽容”，但是你又说“有仇不报非君子，做人要爱憎分明”。

你说“男子汉大丈夫，宁死不屈”，可你又说“男子汉大丈夫，能屈能伸”。

你说“礼轻情意重”，但是你又说“礼多人不怪”。

反正怎么说都站得住脚，都有所谓文化的支撑，说白了，你不是遵从文化，而是拿文化当自己的台阶而已。

有人把你给得罪了，你弄得过他，你就报复他，然后你可以说这是有仇不报非君子；你弄不过他，只能让着他，然后你就可以说你是宰相肚里能撑船。你们领导要你加班你不干，跟领导对着来，你说男子汉大丈夫宁死不屈；到后来实在胳膊拧不过大腿，一看是真扣钱啊，没办法你加班了，你说你这是男子汉大丈夫能屈能伸。你给领导送礼，没什么准备，送点水果吧，你说这是礼轻情意重；反过来，你准备得非常充分，两瓶茅台拿过去，你可以解释，这是礼多人不怪！

反正人嘴两张皮，咋说咋有理！

行走在社会，尤其是身边的朋友身上最可贵的品质，现在来看，“原则”算得上非常重要的一个。如果一个人，没有原则，没有态度，只会一味中庸或者口若悬河，这种人也不足以称为朋友。

最后送大家咱们中国的一句老话：“天下事，何时了；有些事，不了了；一定了，不得了。”意思就是有些事儿，不了了之是最好的解决办法，你要是非得弄个谁是谁非，咱俩之间只能有一个对的，那这事儿反而解决不了。所以，学会小事糊涂，不做无谓争论，大事有原则，不为所动，这是一种生存智慧。

就像很多人说我胖，呵呵，我从来没有反驳过。但是我深深地知道，你们说得都不对，我根本就不胖，我只是矮了点！因为按照我这个体重，我身高应该是三米。

2016.07.26

老妈老婆同时掉水里，他选择了……

这个世界上最缺德的一道选择题就是：如果你的老妈和老婆，俩人同时掉水里，你会先救谁？

这个问题破坏了无数家庭的和谐。老妈给了你生命，老婆陪伴你一生，你说哪个更重要？而现在非要把对你最重要的这两个女人推到河里，然后让你必须选择一个，我只想把设计出这个问题的人吊起来打一顿。估计要是群殴的话，我都插不上手。

这个问题无论怎么回答都是违心的。于是，我后来悟出了一个非常重要的道理：在谈女朋友的时候，一定要先下手为强。别等她问，你先问她："亲爱的，如果我跟你爸同时掉河里，你先救谁？"

这个问题太难回答了，从古至今无外乎以下几种答案：

1. 先救老娘。因为老婆可以重娶，你可以二婚三婚四婚，只要不重婚就行。没了这一个，还有后来人。但是老娘就这一个，不能更换。就算你爸想换，你也不能换。

2. 先救老婆。正所谓，有娘的孩子像个宝，没娘的孩子像根草。我的孩子还小，不能没有妈妈，与其让我的孩子痛苦，不如让自己痛苦。所以，就把老娘给出卖了。

3. 先救老娘。从体力方面考虑，老婆年轻，肺活量好，平时和自己吵架的时候可以一口气说两个小时，所以在河里挣扎个一二十分钟没什么问题。

4. 先救老婆。因为老婆年轻，生活刚刚开始，还没好好享受过人生！对于社会来说，她也算是个正值当年的栋梁之材。所以，为了祖国，只好出卖老娘。

以上四种答案看似各有道理，但是你要是这么回答，必死无疑！第五种答案是目前看来最理智的：谁离我近，我就先救谁。

但是人性往往是不理智的，人们会做出各种下意识的选择。就在前两天，这件事就真实地发生在了一个男人身上。面对这个史上最难的问题，他的选择是什么呢？

前两天，河北邢台发生了洪灾。在这次洪灾中，就有这么一个故事。

当时邢台大贤村洪水发生时，村民高丰面对的处境是：旁边是妻子、儿女和腿脚不利索的老父亲，另一边是独居在西边的老母亲。最理性的做法肯定是先救离得近的。但是我刚才说了，人性本身就不是理智的，在最紧要的关头，他会下意识地去做出最感性的选择。所以这个男人的选择是，往独居母亲家里跑了过去。

很难想象，妻子是如何在恐惧中，一个人将熟睡中的四岁女儿、两岁儿子和腿脚不便的老父亲弄上房顶的。几小时后水势退去，高丰才回到家，发现妻子、儿女、老父亲也都脱离了危险。但是妻子自此不再开口说话，后来拿着家里仅有的两千块钱，带着儿女离开了。这个老妈和老婆同时掉进河里的问题来了一个残忍的现实版。

网民朋友终于坐不住了，纷纷开始评论。有人支持这个男的，说正所谓“百善孝为先”，先救妈妈，哪怕舍近求远也没错；也有人大骂这男的没良心，不顾妻子儿女，是典型的不负责的男人。

中国网友最大的特点，就是任何一件事情——而且这件事情往往跟自己没什么关系——一言不合就开撕，最后发展成为网络骂战。所以这件事情目前的最新进展，已经从现代社会追溯到彼此的祖宗十八代了。

其实我们很多人都忽略了一件最最重要的事情，那就是，无论这个男人是怎么选择的，结果全家人都有惊无险，都活着，这难道不是最好的结局吗？总比救媳妇儿、孩子、老父亲，老妈被淹死；救老妈，媳妇儿、孩子、老父亲被淹死好很多吧！难道我们不应该为他们感到庆幸吗？

为什么很多人都忽略了故事的结局，而只是看重当时的选择呢？事实是，无论哪种选择，这个男人都会背上沉重的负罪感；无论哪种选择，最后都会被网友们痛骂一番。

那么，亲爱的网友们，你们除了骂，还能做点什么呢？

那些说应该先救老娘的，老娘只有一个，媳妇儿可以再找的，难道媳妇儿的命就不是命吗？那些说应该先救媳妇儿的，如果这件事情发生在你身上，在大水来临时，你的儿子因为救媳妇儿、孩子，结果耽误了救你的时间，最后你在即将被淹死的那一刻，是什么心情？

所以，现实已经如此残酷，为什么还要用自认为的道德在受难人的背后补上一刀呢？这个世界上最可怕的水，不是洪水，而是网络上那些不负责任的口水！这个事件的重点根本不在这个男人最后救了谁，而是我们用什么样的态度去评价这个男人。

真心希望这样的事情不要再出现，也希望他们夫妻二人能重归于好。但是更希望老妈老婆到底先救谁这样的问题，不要再出现在我们的生活里了。不是没办法回答，而是回答什么，你们都无法接受。

比方说徐强，这个世界上能比强哥聪明的人也不多了，但是他还是栽在了这个问题上。

那天他媳妇儿问："亲爱的，我和你妈同时掉到水里，你先救谁？"强哥微微一笑："傻瓜，肯定是先救你啦。"媳妇儿非常满意："亲爱的，人家好感动，你为什么要先救我，而不是你妈呀？"强哥说："因为先救你上来，水位下降了，我妈也就得救了。"

徐强，卒，享年三十二岁。

2016.07.25

北京为啥那么多 X 各庄

作为一个外地初来乍到的主持人，最怕碰到本地的地名，如北京的“东四十条”。我刚来的时候，都读“东，四十条”。别笑我，如果您不是北京人，您的思维也是正常的，第一次看到都会这么读。因为我们会理所当然地认为“东”代表方向，“四十”代表数字，“条”代表形状，多么完美的解释。但是领导见到我破口大骂：“什么东，四十条啊！那你告诉我东三十九条在哪儿！”后来才知道，东四是个地方。这儿一共有十四条东西向的胡同，而第十条胡同就叫东四，十条。

还有北京的坟特别多：公主坟，金家坟，唐家坟，王家坟，白家坟，西南坟，王爷坟，六公主坟，铁家坟，铁狮子坟，八王坟……我刚来北京的时候，以为这什么什么坟都是陵墓。但是后来发现不对，因为有一次我问同事家住哪儿，她说她住公主坟。当时我都震惊了，陵墓里也能住活人吗？后来才发现，原来这只是一个地名儿。按照这种说法，其实我也住坟地边儿上，我在双井嘛，挨着八王坟……

所以为了不再扣钱，我开始有意识地学习北京的这些地名。学着学着，我就发现了一个问题，北京有很多非常类似的地名，里面都有共同的字，比如 X 各庄。

那天我送黄欢回家，她说她家在豆各庄，我说我知道，后来把她拉到大兴去了……中途黄欢还特别警惕地捂着领口说：“你想把我怎么样？”我说：“送你回家啊！”结果到地儿一看，哦，原来大兴的是庞各庄，满地都是卖西瓜的。我当时跟欢欢解释，说自己把“庞各庄”“豆各庄”搞混了，真的没想把她怎么样。欢欢听了好像有些小失望。

后来我仔细研究了一下北京的这些X各庄，真让人眼花缭乱：朝阳的郎各庄、豆各庄、马各庄；海淀的聂各庄、徐各庄；丰台的岳各庄；顺义的陈各庄、胡各庄；通州的马各庄、康各庄、何各庄；大兴的庞各庄、高各庄、杨各庄；平谷的翟各庄、黎各庄；昌平的史各庄、吕各庄、窦各庄；怀柔的赵各庄、高各庄、邓各庄、龙各庄；密云的田各庄、巨各庄、陈各庄、康各庄、李各庄；房山的岳各庄、良各庄、焦各庄……

问题来了，这些X各庄的第一个字是姓，最后一个字是庄，都好理解，那中间这个“各”字，到底是什么意思呢？

后来请教了很多北京的兄弟，居然大部分人都不知道，最终得到的答案有两个。第一个说这个“各”谐音哥哥的哥。庞各庄，就是姓庞的哥哥住的村子。但是说实话，我觉得这个说法稍微有点牵强，因为我觉得见人就叫“哥”，这是现代人的语言习惯。如果古代想表达这个意思，应该叫庞兄庄；如果是新中国成立后，应该是庞同志庄……

因此，我觉得另一种说法比较靠谱，“各”是家的意思。家这个字现在读 jiā，但是在中古时期，这个字的读音是 ga。直到现在，一些保留古语读音的方言还是把家读成 ga，如广东话，或者类似的读音。温州话被称为最难听懂的方言，但是温州话是保存古汉语字音和用法最好的方言，温州话把“家”读成 gu。

所以庞各庄就是庞家庄，听起来就很正常了。我猜可能是北京人的语音习惯，如果三个字，则喜欢把中间的字念轻声，所以不管是庞 ga 庄还是庞 gu 庄，北京人读出来都是庞各庄。

所以说，学无止境。当你到了一个陌生的地方，不要说有那么多年复杂的历史和人文，只是地名中就有着深不可测的文化，哪怕是几个字，都能让你琢磨很久。

最后我得说个事儿，我一直觉得北京地名最难的还是“儿化音”，真心搞不懂啊！您可以说东便门儿，但是不能说前门儿；您可以说黄寺儿，但是不能说护国寺儿；您可以说双井儿，但是不能说天井儿；您可以说立水桥儿，但是不能说立交桥儿；您可以说公主坟儿，但不能说上坟儿。

最让我蒙圈的是这个！“南河沿大街”“北河沿大街”，我刚来的时候就按照字读，沿读 yán，即这个大街是沿着河走的，多么完美的解释。但是领导又告诉我，这个地名的正确读法叫南河沿儿（yàner），北河沿儿（yàner），并微笑着再一次扣了我的奖金。

我吸取教训，并举一反三，看到类似的路名都会自行转化了，如西河沿（yàner）大街。领导听到以后微笑着说：“大铭啊，是西河沿（yàn）大街，这个是不能儿化的。来，这个月奖金又少了哟。”

2015.07.08

北京到底有多大

你们知道北京到底有多大吗？

每个从外地到北京的朋友，第一感觉就是大。我有一个朋友，早就听说北京大，于是逛街的时候心想只逛一条街吧，结果那条街他逛了一天也没逛完，膝盖都快碎了。后来我才知道他逛的是长安街。

最开始他还咨询了别人长安街有多长，人家告诉他也就七八公里，他以为七八公里也没多远啊。但是，长安街绝对是中国最奇葩的街，因为在别的城市一条街从头到尾就是一个名字，而在北京一条路是分段称呼的，只有东单到西单那一段叫长安街。他那天走的长安街，其实是走了整个地铁一号线。这哥们儿到最后还在想，这七八公里怎么这么长啊！

北京到底有多大呢？

用官方数字来说，北京总面积一万六千四百一十平方公里，常住人口两千一百五十一万六千人。北京共有十六个区县，每个区县有不同的规划目标。首都功能核心区：东城区 + 西城区；城市功能拓展区：海淀区 + 朝阳区 + 丰台区 + 石景山区；城市发展新区：通州区 + 顺义区 + 房山区 + 大兴区 + 昌平区；生态涵养发展区：怀柔区 + 平谷区 + 门头沟区 + 密云县 +

延庆县。

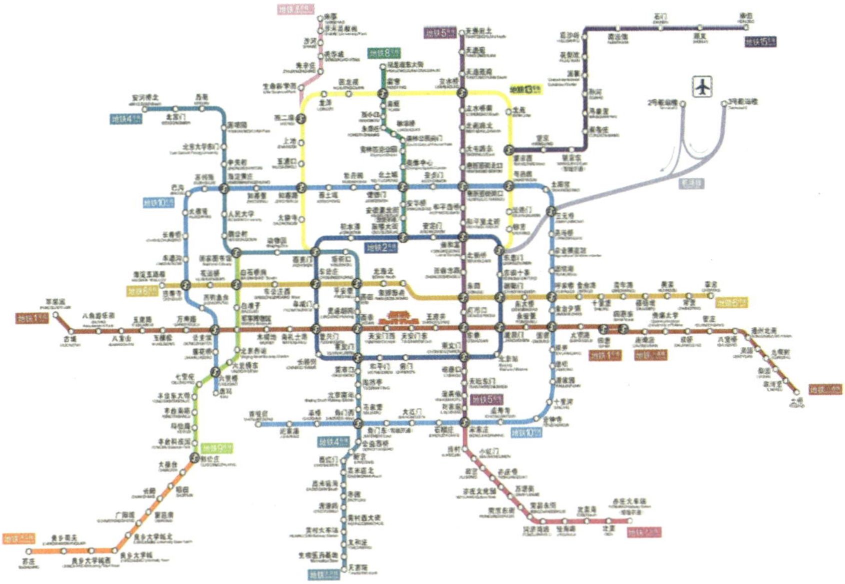

而且北京的每个区都巨大无比，咱们就用海淀区举例子吧。因为我们外地学生小的时候上学做的模拟试题都是海淀的卷子，所以对海淀最“深恶痛绝”。

海淀区在北京占地并不大，只占北京市面积的百分之二点五。但就是这么一个海淀区，却比台北市还要大，比马尔代夫还要大。海淀区最小的一个镇比澳门还要大。

就在每天的早高峰时段，如果在法国，坐一小时的车，你就到德国了，再坐一小时，你就到波兰了。而同样的时间点，你在海淀坐一小时的车，你还在海淀，再坐一小时，你也还在海淀。

最逗的是北京的天气预报，我们天天播这个自己都很汗颜。因为北京太大，冬天我们好几次说下雪啦，结果都是延庆那边下了，五环以内一点儿没有；夏天我们说今天下雨，结果南三环暴雨如注，北三环晴空万里。正所谓，去城北，赴城南，朝而往，暮而归，七环之景不同，而乐亦无穷！所以好多听众都说天气预报不准啊！

所以我建议，咱们以后要把工作做得更细致一点，北京城八区，干脆每个区咱都预测一下，海淀区晴，朝阳区晴转多云，丰台区小雨，石景山区冰雹……外面那八个区县就看情况照顾吧，毕竟咱们节目时间有限。每当这个时候就特别希望有雾霾，一句“北京有霾”就好了。

说到北京大，我还有个切身的感受。我记得多年前来过北京，当时是给师弟师妹主持婚礼。第一次对环路有了印象，觉得北京就是一环套一环，二环外面是三环，三环外面是四环，你比五环少一环。打个电话问朋友，你家在北京哪儿啊？朋友说，不远，差不多就在十环上。

当时我根本不懂一环二环是怎么设计的，只是觉得从射击的角度来讲，十环应该是最中心的位置了吧，心想我师弟真有钱！结果到了地方，人来人往的，一听口音，说天津话的比说北京话的都多。我打听一下：“大哥，这是哪儿啊？”人家说：“廊坊。”

那时候来北京挤公交车，就觉得这人怎么这么多，站点排了一队龙的传人。车门一打开，下去三个，挤上来三十个。这时候中国人的钉子精神体现得淋漓尽致，见缝插针，上去以后就跟夹心饼干似的，脸贴脸，肚子贴肚子。司机一脚急刹车，搞不好俩人还能来个吻别。旁边站一女的也就算了，当时我旁边站着好几个胡子拉碴的外国猛男，你说万一对上了，我都没法解释。

后来他们告诉我，这根本就不算什么。大北京最有名的公交车是300路。有句话说，挤车没挤过300，挤得变形也枉然。北京300路的知名度和北京现代一样高——中国名车世界闻名。它创造了多项吉尼斯世界纪录：全世界最挤的车，运量最大的车，时速最慢的车，人均空间最小的车，乘客之间距离最近的车，最不容易挤上去的车，最不容易挤下来的车。这趟车基本上是北京的一个传奇。

我们再来看看在北京的兄弟是怎么形容北京的大的。有人说：“送朋友去机场，几个小时后，他已经在广州下了飞机，而我还在三环。”也有人说：“朋友公司有对情侣，一个住天通苑，一个住丰台六里桥，后来忍受不了异地恋，分手了。”还有人说：“北京的孩子从小玩的都是划片抱团。北城的很难和南城的玩到一起；郊区的也很难和市里的玩到一起；朝阳和丰台那就相当于跨省了，也不容易产生咱俩是生活在一个城市的情意。不仅距离，生长环境也太迥异。要是出去玩儿，一堆人里亚运村的遇到一个安贞的，那简直就是他乡遇故知，恨不得抱在一块儿。”

我们都知道，现在越来越多的人拼车上下班，从某种角度来讲，会缓解北京的交通压力。因为说到北京的车那就是一个更可怕的数字了。

我们以前说过北京要在 2017 年把车辆控制在六百万辆以下，而在 2012 年就已经达到了五百一十万辆。

为了方便计算，我们就算北京拥有五百万辆汽车，以帕萨特为平均大小（有人说那两厢汽车比帕萨特短，咱们算的是平均，毕竟还有公交车呢……），然后算一下三环主路。北京市三环主路宽度二十米，长度四十八千米，可以粗略地算出，三环主路总面积是九十六万平方米。也就是说，北京市所有的汽车，紧紧地排列，并停在三环主路上的话，需要大约三十八个三环主路。所以，人们常说的一句话——三环路是北京的停车场，这绝对是扯淡。因为根据这个计算结果，你想上三环停车得赶在早上六点之前，去晚了根本没地儿！

最后，我想跟大家说，北京越来越大了，从最开始的二环，到现在的六环，说不定七环也快好了，最后京津冀一体化。城市的变革让我们感受到了社会发展带来的福利，但是，在地铁的人流中，在马路的噪音中，在一个又一个催促的电话中，在一片又一片的红色刹车灯中，我们的生命在一点点地流逝。城市变大了，而我们的世界却越来越小，脚下的这一圈又一圈的环，没有起点也没有终点，而我们都只是在盲目地转。

最后请自觉地跟我一起唱："啊……五环……"

2017.07.31

快递不能再用奇葩名字了，真罚

在快递业越来越发达的情况下，快递小哥的压力真的很大。

前两天大迪还跟我感叹：“看新闻，北京一快递员每天送一百五十到一百六十份快递，辛苦致猝死。”然后她还一脸的不忍。

我说：“你别装了，你要是真心疼，以后就少在网上买东西，没有买卖就没有杀害！”

其实量大也没办法，这是行业发展的一个过程。但是这过程当中总有一些不太恰当的做法会让本来压力就很大的快递小哥，徒增很多不必要的烦恼，比方说用假名字。

一般假也就算了，很多都特别假，如：哆啦A梦，樱桃小丸子，男神，齐天大圣，乌鸡国国王……前两天看他们总结的奇葩快递收件人名字，还有一个叫“河南花泽类”！

有快递小哥派件儿，下来一个女孩儿：“你好，我要取件。”

快递小哥说：“好的，叫什么？”

女孩突然说："我漂亮吗？"

小哥蒙了，心想：漂亮是漂亮，但是我有女朋友了啊！

女孩儿说："收件人的名字是我漂亮吗！"

最过分的是大迪，前两天有个快递小哥在我们门口喊："吴亦凡，谁是吴亦凡？"这时候大迪颠儿颠儿地跑过去了。小哥特别疑惑地问："你是吴亦凡吗？"大迪接过快递特别开心地说："吴亦凡不在家，我是他媳妇儿！"

有快递小哥就感叹，说现在他手里已经集齐张飞、关羽、赵云、马超、黄忠，就差诸葛亮了。

还有人把名字写得特混乱。据说有个小哥送快递："喂，您好，是关阴吗？到门卫处来拿快递。"电话那边怒道："我还如来佛呢！你打错了吧？"快递小哥说："没错呀，我这有个快件是你的，收货人关阴。关门的关，阴天的阴。"电话这边很无语："谁给我写的名啊！你仔细看看，我叫郑月！"

前两天，国家邮政局公布了《2017年上半年邮政行业运行情况》。上半年，全国快递累计完成一百七十三亿两千万件，同比增长百分之三十点七。按中国十四亿人口来说，相当于每人收到十二点四个包裹。这么大个量，肯定会有一些问题存在。而如果你不用自己的名字登记的话，一旦出了问题，就会产生很多麻烦的连锁反应，无论是报价寻件，还是理赔追责都会有很多理不清的东西。

别的不说，你随便取名字，这里面能干很多坏事儿啊。就说徐强吧，强哥媳妇儿，女神一样的人物，强哥是怎么泡到手的呢？当时人家女神有男朋友，强哥在暗中观察了很久，早就垂涎三尺了。趁着情人节，强哥冒充女神男友给女神快递过去九千九百九十九朵玫瑰花，然后，选择货到付款。后来就听说女神跟那男的分手了，强哥趁机补位。所以说实名制是多么重要！

其实我们推行快递实名制也一年多了。有快递小哥就埋怨："刚开始还是按规定办事，但是到后来就很麻烦。要么是不配合，好的还会给你扫一眼，不好的直接投诉你态度不好；要么也是自己没有时间和精力去检查身份证，毕竟包裹实在是太多了。"

所以我们一直说，快递实名制不能仅靠快递员"坚持"或者是市民"自觉"来落实，而是应该加大执法检查和处罚的力度。

就在前天，这个政策还真的出台了。各位"河南花泽类"和"乌鸡国国王"们，你们要再用假名，这包裹可真就寄不出去了。

7 月 24 日晚，国务院法制办发布了《快递暂行条例（征求意见稿）》。意见稿针对实名寄件做出了有关规定，若经营快递业务的企业收寄快件未查验寄件人身份并登记身份信息，或者发现寄件人提供的身份信息不实，但是仍予收寄，将根据情况依法给予治安管理处罚或者承担赔偿责任。

有专家指出，《快递暂行条例》正式颁发实施后，将是快递行业诞生以来出台的首个专题性法律文件。而这个条例可以说立竿见影，在 26 号，福建南安水头派出所，就开出了南安第一张针对快递行业未实名登记的罚单，当地一快递公司被罚了一万块钱。

当然我们也要重视现在实名制带来的信息泄露的风险。有关调查显示，百分之七十八点二的网民个人身份信息被泄露过，百分之八十二点三的网民亲身感受到了个人信息泄露给日常生活造成的影响。政府在堵住了一个漏洞的同时，随之而来的风险又应该如何防范？这是取信于民的关键。但是不管怎样，还是建议各位，以后为了咱们包裹的安全，也为了这个行业的健康发展，都用实名吧。

连我们大迪都已经开始转变了。那天快递小哥又在我们门口喊："吴亦凡，吴亦凡，你的快递！"所有人齐刷刷地看向了大迪。这时候快递小哥也不耐烦了："吴亦凡他媳妇儿啊，你过来吧，你这套路我都见过了！"结果大迪说："这次真不是我的啊！"这时我终于坐不住了，我跟小哥说："别跟这女的一般见识，就是一个幻想狂！你给我吧！我就是吴亦凡。"

第二章
生活百态秀

2017.07.14

老外那些名言中国古人早就说过了

我记得小时候，老师经常拿名言警句来考试。老师念上句，让我们接下句。老师问我“书山有路”，我说“勤为径”。老师又问“学海无涯”，我说“回头是岸”！老师说“滚出去”，我说“好的”。

还有一次是考试卷上要求笔答的，问题是列举珍惜时间的著名诗句。有的人写的是“明日复明日，明日何其多”，还有的人写的是“夕阳无限好，只是近黄昏”，而我写的是“春宵一刻值千金”！

有毛病吗？没毛病啊！但是聪明的人，请你告诉我，我们老师为啥又让我滚出去了呢？他一定没有春宵！

长大后，我发现名言警句不只是考试内容，确实有很多朋友是拿来激励自己的。尤其是现在的朋友圈，打开以后，那就是一个人生感悟的道场。比方说这两天好多朋友都在转发一个朋友圈视频，叫《今年全球最佳毕业演讲：“我祝你不幸并痛苦”》。这是美国首席大法官约翰·罗伯茨6月受邀前往儿子就读的中学发表的毕业致辞，结果引发媒体还有网络疯传。他不但不是祝福孩子有前途、一帆风顺，反而希望台下所有学生遭遇“不幸”“挫败”，甚至是“背叛”。当然这哥们儿非常懂传播学，其实这都是标题党的套路。

他是这么说的：“在接下来数年的时间，我希望你们被不公平对待，如此你们才知道公平正义的重要。我希望你们遭遇背叛，如此才知道忠诚的重要性。我希望你们时不时遭遇不幸，如此才能意识到机遇和运气在人生中扮演的角色，了解成功不是你所应得的，而他人的失败也不是他们所应得的结果……”

说得真的挺有道理，很多朋友也纷纷转发，视为名言警句，还有人感叹“你看看人家美式思维”。但我想说的是，咱甭捧人家啊，其实这种挫折教育的励志鸡汤在咱们中国古代就有了。司马迁在《报任安书》中就曾总结过，但凡你要干出点儿名堂，都会遭遇些不幸：“盖文王拘而演《周易》；仲尼厄而作《春秋》；屈原放逐，乃赋《离骚》；左丘失明，厥有《国语》；孙子膑脚，《兵法》修列；不韦迁蜀，世传《吕览》；韩非囚秦，《说难》《孤愤》；《诗》三百篇，大抵圣贤发愤之所为作也。”所以说用得着感叹人家吗？华夏五千年厚重历史，比不幸，比挫折，比背叛，总之比惨的，谁比得过我们！

整个视频那么长时间，咱用人家孟子的一句话就能总结，即“天将降大任于斯人也，必先苦其心志，劳其筋骨，饿其体肤，空乏其身，行拂乱其所为，所以动心忍性，增益其所不能”。上学的时候这段是要求背诵的，你背了吗？

老外说的很多大道理，其实咱们老宗祖都说过。被咱们天天引用的“知识就是力量”这句话，是英国人培根说的。其实东汉时，王充就曾说：“人有知学，则有力矣。”翻译过来，即知识就是力量！这比培根早了一千五百年！但是为什么没有后者流行？这说明说普通话是多么重要……

今天，我们时常引用外国人的一些名言警句，其实外国人更喜欢引用中国人的名言。因为越古老的国度，经过历史淬炼出来的就越是精华。今天你能想到的一切思想和行为方式，其实在古代人们的语录中都能找到答案。

比方说上一任美国总统奥巴马首次访华时曾引用孟子的话：“山径之蹊间，介然用之而成路；为间不用，则茅塞之矣。”意思是说山径间的小路，经常有人行走便踏成了一条路；过一段时间没有人去走它，又会被茅草堵塞了。这是可以用于外交方面的非常好的一句话。

还有 2011 年 6 月，当时潘基文连任联合国秘书长，他想从联合国的角度上来讲各国要放下芥蒂，虽然文化信仰不同，但是要求同存异，共同发展。你要是讲道理举例子，那就要长篇大论，但是当时潘基文用了老子的名言，一句话就说明白了，即“天之道，利而不害；圣人之道，为而不争”。

还有日本前首相小泉纯一郎在施政方针演说中也多次引用墨子的“为义，非避毁就誉”，意思就是行使道义，是作为一个人理所应当的事情，而不是为了避免诋毁或者赢得荣誉。

说实话，说这些事儿的时候我都特别汗颜，因为这帮老外引用的中国名言我一句都没听说过……

当你把引用外国人的观念和鸡汤当成时尚的时候，其实可以回头多了解一下咱们中国的文化，有太多太多精彩的东西是我们并不知道的。而我们所了解到的，很多都是表面文章。就像当年老师考我们，写出一本名著和该名著中的名言。我冥思苦想之后，郑重写下了，名著：《西游记》，名言：“妖怪！吃俺老孙一棒！”

当然，文化是有地域的，但是精神是无国界的。学这个，背得再好，不如一朝领悟，身体力行。

所以，我最后再送各位喜欢发朋友圈的朋友们一句“至理铭言”吧：你转的美食烹饪视频，百分之九十九你都没试着下厨做过；你转的健身减脂视频，百分之九十九你都没甩开膀子练过；你转的旅游攻略，百分之九十九你都没背包走过；你转的名人名言，百分之九十九你都没照着做过。

不做，又有何用？孔子曰：“JUST DO IT.（做就是了。）”

2016.12.09

古人聚会都玩儿什么

“玩”是一个永远不会过时的话题。就是在饭桌上都有无数游戏，饭馆儿的老板经常很痛苦，这帮人吃饭一个小时就结束了，但是游戏玩儿了四个点儿还不走。

中国是个文化古国，我们有着悠久的历史和传统文化，难道你不好奇古代人晚上聚会都玩点儿什么吗？之前我也很纳闷儿，你说那个时候，没有手机电脑，没有各种游戏工具，日出而作日落而息，所以说古人孩子多呢……但是了解之后才发现，古人其实很爱玩儿，而且比我们玩儿得高端多了。就说工具，现在很多酒吧会有一种类似于转盘的喝酒工具，上面有一个指针，转盘上的格子有不同的惩罚，喝一杯、喝两杯、不喝、全喝……每次我的运气都比较好，几乎不用喝酒，但是最后买单的时候总是觉得自己太吃亏。

其实在古代也有类似这种喝酒的工具，但是这个工具更高大上，叫作“曲水流觞”。“曲”是弯曲的意思，“觞”就是喝酒用的杯子。古代那些文人雅士，找个竹林雅致、流水潺潺的地方，在弯曲的小溪两边坐好，用那种木头做的、像小船一样的酒杯盛酒，然后放到小溪里面随水漂流，漂到谁那儿谁喝。这是我听过的最玄幻的喝酒方式。

当然喝完一杯你要同时赋诗一首，这叫“一觞一咏”。当年王羲之跟一大票文化人齐聚兰亭，玩曲水流觞，大家喝得差不多了，诗也写了很多，那找个德高望重的写个序言吧。当时王羲之已经喝多了，于是他借着酒劲写出了天下第一行书《兰亭序》，一气呵成，气势非凡！王羲之酒醒了一看，自己都吓一跳：这是我写的吗？厉害了我的哥！王羲之后来又重写了很多次，没有一次能超过那次酒后所写的。

你看看，都是酒后，但是做人的差距就是那么大。人家喝完酒写出《兰亭序》，我喝完酒能吐人一亭子。

上面所说的是文雅的游戏。其实古人在吃饭聚会的时候还有其他游戏方式。先说两个简单粗暴的。一个叫“藏钩”，简单来讲，就是分成两队人，一队藏，一队猜。就一样小东西，攥在藏东西队伍里某一个人的某一只手里，然后猜的那队看看能不能猜中。人有两只手，所以猜中猜不中都是一半的概率。这游戏主要玩儿的就是察言观色和演技。还有一个叫“斗草”，其实这个大家最熟悉，到现在咱们也都在玩儿，北京叫拔根儿，东北叫拉狗子。但是古人不只拔树叶的根茎，各种有韧性的草都可以，所以这个游戏其实真正考验的是人们对草本植物的认识。

除了这两个，还有我们在一些影视剧里面看到的游戏，如“投壶”，就是拿箭往远处的壶里扔，有点儿像现在的扔飞镖。但二者还是有不一样的地方，首先投壶考虑更多的是抛物线，其次飞镖的重量造型都是一样的，而投壶用的箭长短重量都不一样，难度更大。

这个游戏现在已经被我们很多人继承下来了，我很多朋友就喜欢玩儿。不过他们的方式是，吃饱喝足了闲的，往啤酒杯里扔瓜子壳儿。

当然，这些都不是古代最难的游戏。有一个神级的游戏，据说已经失传，高端到不能再高端，玄幻到不能再玄幻，它的名字叫作“射覆”，顾名思义，就是把东西放到瓶瓶罐罐里，然后让你猜里面是什么。其过程简单粗暴，把东西放进去，然后就说：“你猜吧……”

《红楼梦》中提到过“射覆”是酒令的祖宗，比一切的令都难。因为这种结果并不是猜出来的，而是通过《易经》占卜占出来的。

其实从古人的游戏当中我们就能看出，饭桌游戏也是可以玩儿得很有文化的。如果家庭聚会时，能够把一些文化融入游戏当中，既显得高端，还能对参与的孩子们寓教于乐，也能提升自己的文化气质。

我们现在出去的时候也喜欢玩儿这个类型的游戏。前两天，我们一帮人聚会，徐强和他媳妇儿也在，完事儿我们玩“你来比画我来猜”的游戏。手机里都有这个游戏，一个人把手机举到头顶，自己看不见，然后上面出现字或者词，对面的那个人看到之后，用肢体语言表达，由举手机的人猜。

那天徐强跟他媳妇儿搭档。他媳妇儿比画，强哥猜。他媳妇儿一看手机上显示的是一个字——腰。这个多简单啊，他媳妇儿就指着自己的腰。

强哥："脂肪。"

他媳妇儿皱眉摇摇头。

强哥："游泳圈。"

他媳妇儿咬牙切齿地摇摇头。

强哥："米其林。"

他媳妇儿眼睛开始喷火。

我在旁边都看不下去了，这么猜下去会发生悲剧的！于是我提醒他说："强哥，就一个字。"

强哥恍然大悟："粗！"

徐强，卒，享年三十二岁。

2016.12.08

健身房的七大奇葩，有你吗

用健身保持体形才是最健康的方式。

其实我都有去健身房健身，因为我体重大（自我感觉是因为我的肌肉含量多而并不是胖，谢谢）。北京的健身房真的很火，到了晚上，人特别多，

有的器械都需要排队才能用上。在这个过程中，你如果仔细观察，就会发现一个现象：那就是上图书馆的未必都是看书的，来健身房的未必都是锻炼的，总有一些奇葩破坏美好的气氛。

经过观察和分析，我总结出了健身房七大奇葩，你是哪一种呢？

第一种是自拍奇葩。这种人的装备非常专业，一般都是现在最流行的那种秋裤穿在裤衩里面，浑身上下都是名牌。这种人进了健身房，用得最多的就是镜子，拿出手机，各种角度自拍。更有过分的，还拿出哑铃摆出龇牙咧嘴挤眉弄眼的表情以示努力。最过分的，还有直接在自己的额头和身上洒点矿泉水，拍完以后发朋友圈，并附文："每天让自己更加努力，Fighting（加油）。"

第二种是嘶吼奇葩。这种更过分，嘶吼时时刻刻充斥在你的耳朵里。这种人在健身房锻炼时，不管做什么动作，用多大力量练习，你总能听到他的尖叫："Come on（加油）""Yeah（耶）""呃……"似乎只有呻吟才能让他充满力量。回头一看，他们可能拿的只是两斤的小哑铃。最可怕的是这种嘶吼奇葩不止一个，当好几个嘶吼奇葩此起彼伏的时候，那画面太美我不敢看。我只想跟他们说："哥们儿，咱能不能冷静一下……"

第三种是肌肉奇葩。这类奇葩确实练得不错，但是太喜欢显摆。这类人最爱光膀子，腹肌一定要露出来，然后对着镜子自我陶醉地欣赏，丝毫不顾边上胖子们的感受。而且一旦有漂亮女性路过，他们就好像吃了药一样，平时哑铃举十公斤的，立马加到四十公斤，然后若无其事地跟美女相视一笑，等美女走过去，他立马把哑铃扔地上，揉揉抽筋儿的膀子，然后继续照镜子。

第四种是指导奇葩。这些人跟肌肉奇葩很像，练出了一身腱子肉，但是他们更喜欢对身边健身的人进行专业的指导，我就碰到过。有时候，我只想安安静静地自己练练，但是总会有个浑身练得油腻腻的大猛男凑过来，说："兄弟你这姿势不对。""哥们儿你这量不够啊！"……一个还好，

有一次来了三个猛男把我包围了。虽然他们站的位置离我有点距离，但是他们硕大坚挺的胸肌已经快贴到我的脸上了。那一刻，我突然想到一首歌曲："怎么大风越狠，我心越荡……"

第五种是霸占奇葩。这种人在健身房里可以说是人神共愤！本来现在各大健身房就人满为患，器械不够用，但是我们经常可以看到占着跑步机不跑步，在那玩儿压腿的，或者把速度调成二，龟速慢走然后看电视的；有坐在各种器械的座位上玩儿手机的；还有最变态的那种——就两只手，但是脚下摆了十几个哑铃的。你以为你是哪吒啊！

第六种是恩爱奇葩。对这类奇葩来说，健身房就是泡妞或者秀恩爱的场所，经常上演合体举杠铃，牵手照镜子，跑步机上抛媚眼，仰卧起坐扶大腿。请问你们有没有考虑过身边单身狗们的感受！好几次我多看了两眼，一激动差点从跑步机上掉下来。

最后一种奇葩，是出汗奇葩。不好意思，我就是这种奇葩，我们的特点就是走到哪里，汗就流到哪里，而且从来不去体会别人的感受。汗流浃背的我们，用器材跟洗器材没什么区别，被我们用完的器材，晶莹剔透，波光粼粼，只是味道稍微差点。但是，我一直有个问题，为啥我流了这么多汗，还是不瘦？！

健身是件好事儿，但是千万不要做健身房里的奇葩。你如果已经是奇葩了，那么请尽量低调一点吧。最后要说，其实健身不仅能够锻炼身体，对心理也有调节作用。你心情压抑了，受委屈了，其实运动可以帮你排解。

比方说徐强一直很苦恼，就是因为自己是个妻管严。媳妇儿有时候对他特别凶，强哥大气儿都不敢喘。我就跟徐强说：“强哥，你这么憋屈着也不是办法，健身吧！健身房有那种吊起来打拳击用的沙袋，你就把它想象成你媳妇儿，然后狠狠地发泄。”强哥一听这个主意不错啊，于是就去了。

结果晚上，我那个教练突然给我打电话：“你那个叫徐强的朋友没事儿吧？”

“啥事儿啊？”

“他脑子没毛病吧？”

“这……应该是个正常人啊！”

“正常啥啊！你还是来看看吧，他对着那沙袋都跪了一下午了……他到底是要干啥啊！”

2016.12.06

一次性的生活

那天我妈在家里收拾旧东西，发现了我上大学时穿的军训服，就给我打电话：“儿子，这衣服你还要吗？”

“妈啊！你疯了吗？！我那时候一百二十斤，现在二百二十斤，别说那身绿衣服我穿不下，就算能穿，把我塞进去了，再扎上那武装带，你看我像啥？”

“粽子！”

…………

“那衣服没坏，要不要留着，以后给你儿子穿啊？”

…………

其实这么一对比很惭愧，你会发现很多本来可以反复使用的东西，在我们手里都变成一次性的了，如最常见的一次性碗筷。

很多餐馆儿是完全可以避免使用一次性筷子，而使用消毒餐具的。当然，前提是你要真的用消毒机消毒，而不是拿水泡一下就好。我看过一个非常奇葩的偷拍视频，一个饭店服务员，把筷子直接往桌子上一铺，然后

拿桌布盖上开始搓。所以，如果消毒餐具能够达到标准的话，我们真的呼吁大家，尽量不要使用一次性餐具。

在这方面，河北省就做出了明确的表率。针对严重的“白色污染”和浪费森林资源等问题，河北立法规定：“禁止生产、销售超薄型一次性塑料袋，禁止生产、采购和使用不符合国家标准的一次性发泡塑料餐具。”其中有一点非常严格，那就是“有固定门店的餐饮服务企业不得提供一次性木质筷子”。而且每个条款后面都跟着明确的处罚措施。

有人说，这是不是让公众少了选择权呢？

还真的不是那么回事儿。首先，现在咱们用的那一次性碗筷吧，没有几个卫生的。包装上连生产日期、保质期、生产厂家厂址都没有。有好多筷子你看着挺白净的，但是这些筷子都是用工业硫黄、石蜡、焦亚硫酸钠、工业双氧水泡出来的，然后是用我们的舌头为它做了第一次消毒。所以有时候我们用别人用过的一次性筷子，别觉得恶心，那比第一次用的时候干净多了。

而第二个原因，也是最大的问题，就是严重损害咱们的森林资源。

来看一组数据：一个中国的大型城市，一年所用一次性筷子超过一亿双。而一棵十年生的大树，大约能够生产四千双筷子，以此来算，中国一个大型城市每年“吃”掉的树木超过两万五千棵。而在全国，目前有近千家筷子生产企业，年产筷子三千万箱，每箱五百双。换算一下，我们中国，每天被“吃”掉的森林就超过四万平方米。

一次性筷子是日本人发明的，但是他们发现这东西方便是方便，却太耗木材，怎么办？20 世纪 90 年代，日本人就不自己生产这种筷子了，都从中国进口。这就好像你干了一件坏事儿，又把别人拖下水，然后自己从良了，却看着别人在错误的道路上越走越远……

韩国就很聪明。在韩国大大小小的餐馆，包括学校的餐厅，一律使用金属筷子，因为韩国禁止使用一次性木筷，他们认为一次性筷子浪费太大，

不利于生态环保。

所以，你再来看看这组关于森林资源的数据：日本的森林覆盖率高达百分之六十七，韩国的则是百分之六十四。其实我国很早之前的森林覆盖率也是百分之六十以上，但是后来经过我们几代人不懈的努力，现在已经减少到百分之二十一了。

爱国不仅仅是一句口号，也不是某些日子你的心潮澎湃，而是生活当中一些小小的改变，就会让国家变得更好。一次性筷子，只是无数种一次性用品中的一种。除此之外，一次性塑料制品难以降解，对环境危害极大。

酒店的一次性洗漱用品使用一次就会作废，若想回收利用，往往要通过高温消毒等几道工序，其费用是造价的数倍。所以国外很多酒店都尽量减少使用一次性洗漱用品，如果你去泰国会发现很多酒店都没有牙刷。其实在国内也该如此，如果要在酒店住两天以上，你可以告诉服务员，不用更换牙刷，减少浪费。

说到这儿，必须要说说我们徐强。他特别珍惜资源，一次性筷子不用断了都不舍得扔。到他们家参观，壁橱里放的都是用了一百多次的泡沫碗跟洗了两百次的一次性筷子。

有一次我俩坐飞机。飞机上厕所里用的那种一次性垫马桶圈的纸，强哥觉得那玩意儿用完就扔太浪费，灵机一动，套脖子上了。他从厕所出来之后，整个飞机上的人都惊呆了。

这个时候，脖子套着马桶圈纸的强哥，深沉地告诉我们："不要浪费，一会儿吃饭的时候，还可以当围嘴儿。珍惜身边的每一样东西，再小的力量，也是一种支持。"

2016.11.07

史上最大的炒房团

很多朋友听说我以前在温州工作，都会问我一个问题："你买了几套房子？"每次我都惭愧地低下了头，然后他们说："你也配在温州干这么多年！"

每次说到炒房这个话题，温州炒房团都是让人痛恨而又羡慕的。之前说过，我在温州主持房展会的时候，也见过几千人挤破售楼大厅，还不是每人买一套，而是每个人包里揣着一厚摞身份证，一买就买一整楼……

我们找对象跟人家嘚瑟，路过新建的小区楼下，说道："亲爱的，给你买的新房就在这儿，二十四楼，你从下往上数啊，一、二、三、四、五……哎，等会儿，数错了再来一遍……看没看到那个就是咱们的家。"然后女生一脸幸福的期待。

那时候，问温州人他家在哪儿，他随手指一楼。女生也不会羡慕，只会说："哦，离我家买的那个小区挺近啊！"

炒房这种由投资渐渐变成投机的行为已经影响了无数人的生活。关于炒房的段子有很多：说有一个北京人，1984 年为了圆出国梦，卖了鼓楼大街一个四合院，凑了三十万，背井离乡到意大利淘金。风餐露宿，大雨送外卖，夜半学外语，在贫民区被抢七次被打三次，辛苦节俭，如今已两鬓苍苍，三十年了，他终于攒下一百万欧元，相当于人民币八百万，打算回国养老享受荣华。一回北京，他发现当年卖掉的四合院现中介挂牌一个亿，刹那间崩溃了……然后买了北三环一套两居室，剩下的慢慢还。

很多时候，我也不敢跟别人说我是从温州出来的，他们都会因此无奈而又愤怒地指责炒房行为，其实大多数人更生气的是为什么你们当时不炒炒我们小区。

今天我想给温州的兄弟们证明一下，虽然温州炒房团名气很大，炒房时间也很早，但是他们绝对不是中国最大的炒房团。中国最大的炒房团，其实是各位股民朋友用真金白银支持的中国几千家上市公司。甭管你是干实体的，还是干金融的，这些上市公司目前最喜欢干的事儿就是炒房子。

2016 年度上市公司三季报披露已经落下帷幕。统计数据显示，2016 年前三季度，上市公司资产负债表中投资性房地产出现了大幅增长。数据显示，截至 2015 年第三季度，沪深两市合计有一千一百九十九家上市公司，合计持有投资性房地产四千九百八十四亿元。而到了 2016 年第三季度，沪深两市则有一千三百二十一家上市公司，合计持有投资性房地产六千二百五十四亿元，同比增幅高达百分之二十五点五。

上市公司炒房子听起来有点不务正业，而且这么巨大的资产进入肯定会抬高房价，但是从企业完成盈利的目的来看，这确实是一个非常简单粗暴的方法。

最典型的案例，就是前不久，上市公司*ST 宁通 B 在 2014 年和 2015 年连续亏损，今年上半年再亏两千一百一十一万，如果年底还不能扭亏，根据交易所相关规定，公司将面临暂停上市的风险。于是宁通发布公告称，出售两套北京学区房，总值为两千八百二十九万。一个连年亏损的上市公司，因为两套北京学区房，瞬间扭亏为盈，而且第二天连它的股票都涨了。

上市公司，听起来无比高大上，是中国经济的领头羊，但是在房子面前却显得如此脆弱。有数字统计，在两千九百二十六家上市公司中，2015 年亏损的公司达三百六十家，盈利低于一千五百万的上市公司有五百二十八家。而一千五百万元，仅能在深圳市区买一套位置相对优越、稍具品牌的商品房。也就是说，五百多家上市公司一年净利润也就买一套房，这到底是中国经济的无能，还是中国房价的变态呢？

广大网友纷纷调侃，看来还是实业误国房产兴邦，辛辛苦苦做实业，不如轻松倒腾房子，大家还干啥活儿呢？这话中所说的现象特普遍。我认识有些大老板，企业做得很大，媳妇儿没啥正当职业，我原以为这就是靠老公养着的，结果有人告诉我，媳妇儿比老公有钱，专门炒房子……

还有人非常严肃地批评了宁通这种卖房保壳的做法，认为他们没有认清形势，在这样的市场下，谁轻谁重还不知道吗？应该卖壳保房，过两年分公司都能上市。

其实大批上市公司炒房子，不管是金融的还是做实体的，这都是一种保值增值的方式。从保护投资人的角度来讲，这么做没错。这也是企业经营的自由。

就好比同样有两千块钱，你怎么追女孩儿？一哥们儿用一千五百块钱给女孩儿买了手机，留五百吃饭干别的，骑着电瓶车去找姑娘。姑娘看到他说：“你是一个好人，可是我们真的不合适。”但是另一个哥们儿用七百块钱租了一辆宝马五系，然后去批发市场花三百块买了九十九朵玫瑰，告诉女孩儿他喜欢手牵手去那些浪漫的小吃店，都是爆肚螺蛳粉什么的，最多消费一百块。当天晚上就从了，而且说是因为爱情……这个故事就告诉我们一个道理：商业模式是多么重要。

但是问题的关键就在于，上市公司要不要肩负经济发展的责任，带动中国经济的发展，还是自己赚钱就行？这是一个关乎道德和价值观的问题。法律无法绑架企业。就像经济学家所担忧的，上市公司作为中国实体经济的代表，反而需要靠炒房才能获取收益，一旦形成依赖上了瘾，这就像是毒品一样，会引导更多的资金脱实入虚。而我们知道，经济如果没有实体的政策，那将没有任何意义。炒高房价，账面盈利，实体空虚，恶性循环。

其实从咱们老百姓的角度来讲，我们的房子，我们的股票，中国普通人最大的两个投资渠道，你将没有任何话语权。

利益当前总是会改变太多人的价值观，而我们的价值观又会直接改变这个世界。

据说前不久，河南发现了一个特大金矿，价值三百一十亿元，需要开采八十年。看到新闻我惊呆啦，这不是发财了吗？旁边的大爷不慌不忙地来了句：“北京上海深圳随便一个小区就价值三百一十亿，开发两年就可以了。”原来，马可波罗说得没错，我们已经遍地是黄金了。

2016.10.19

这年头最致癌的生活方式竟然是……

我们一直对某些词汇特别敏感，比方说致癌物。

我们上学那会儿，老师就经常说校门口的小摊儿不能去，东西不干净。那时，我们吉大门口有一家麻辣烫特别火，天天爆满没座儿，去晚了都得排队那种。后来开会时，老师跟我们说，不要去吃那些东西，说麻辣烫有很多致癌物。有的黑心老板还经常添加很多香味剂甚至罂粟，再有就是一锅汤用好几天，豆腐泡上爬满苍蝇照样往里扔，说的那些把我们恶心坏了。再后来我们真的就很少去了。

直到有一天，我路过那家麻辣烫，发现一个熟悉的背影，一看是我们的老师咔咔在那儿吃麻辣烫，头不抬眼不睁吃得一脑袋汗，完事儿还喊了一句："老板再来份儿豆腐泡！" 于是我好像明白了什么：老师如果不那么说，他怎么能抢到座儿？……当然，路边摊的卫生确实堪忧，也不排除我们老师已经将生死置之度外了。

关于什么东西致癌的消息，这几年就没消停过。有的咱能防，大不了不吃了，但是有的真的是防不胜防，比如最近的焦点"自来水"。但是这些传言真的靠谱吗？

近日，多家媒体援引清华大学一项有关自来水的调查研究，报道国内二十三省四十四城自来水检出疑似致癌物亚硝胺，引发热议。于是媒体就在自来水和致癌之间画上了等号。这个消息造成的后果真的是太严重了，因为自来水每个人一定会用到，你无法防范。

幸好，相关部门及时正式地出来辟谣：亚硝胺，是自来水消毒的副产物之一，确实是公认的致癌物质，但是致癌物质跟致癌是两码事。生活中很多常用的东西都含有致癌物质，但不代表它就一定会致癌。

就说自来水吧，其一，与加拿大和世卫组织的标准相比，中国自来水中的亚硝胺含量并不是很高，我们需要改善但并不代表我们现在就很糟糕；其二，包括亚硝胺在内的自来水消毒副产物不会对健康产生明显影响，相反如果不消毒，带来的危害可能更大。

这些论述在“相关报道”中被一笔带过，避轻就重致使科学信息不能完整地传递给公众，反而还取了《自来水致癌》这么一个危言耸听的标题。

这已经不是中国媒体第一次干这事儿了。去年，说什么国际癌症研究机构发现吃肉致癌。当时我在生与死之间还是义无反顾地选择了吃肉。因为我想了一下，一辈子不吃肉好像比得癌还要痛苦。而且，就算不吃肉，我可能不会得什么直肠癌、结肠癌，但是就这雾霾天，保不齐我还会得肺癌，那我还是大胆地吃吧！

结果权威部门澄清，又是媒体的断章取义。国际癌症研究机构是证明了食用加工肉类会在人类中引发结肠癌、直肠癌，只是有这个诱因的可能性，而不是说吃加工肉就一定会得癌症。

还有喝热水致癌的传言。今年8月，国际癌症研究机构把65°C以上的热饮列为2A类致癌物，国内转载报道最多的标题是：《“多喝热水”也是致癌因素？世界卫生组织确认了！》。本来咱们经常开玩笑，媳妇儿说感冒了怎么办，老公说喝杯热水就好了。现在来看，这是要杀妻啊！然而后来经查证，跟吃肉致癌一个道理，目前有限的研究，仅表明过热饮品与食管癌之间存在一定的关系，但因果关系很难确定。

现在很多媒体，尤其是很多朋友圈转发的健康养生类文章，经常会有类似的什么东西致癌千万别碰的报道，如：矿泉水瓶重复使用致癌，泳池消毒剂致癌，一次性纸杯致癌，洗发水致癌，还有说使用手机得脑肿瘤的。这些报道只给我传达了一个消息，目测这世界上的人基本都会不得好死……

这些对公众有误导作用的科学报道，可谓是彻彻底底的新闻“伪科普”，不仅中国，全世界的媒体都一个德行。英国医学杂志之前就提醒，要避免科学新闻出现报道失范，一来社会媒体要避免对科学研究的报道不足或者过度解读，二来研究机构在向外传播学术成果时应该更加审慎。

所以，我们干媒体的，虽然讲究快，但是更需要的是准和真。

最后回头说一下癌症。在这个谈癌色变的年代，我们要做的不是回避，而是真正地深入了解。癌症的诱发因素是复杂的，可以说包括了物理因素、化学因素、环境污染、饮食因素，甚至还有心理因素。

事实上，癌症不是你吃四个月方便面，喝半年自来水就会得的，那不是癌症，那是下毒。癌症是长期不良习惯的积累，防癌就要从生活习惯做起，少食高热量食物，节制抽烟喝酒，控制体重。每年一次的防癌体检就是最好的预防癌症的方法。

最后我还发现，我们生活中真正致癌的生活习惯是天天待在家里，不外出运动，也不出门散心，永远把自己封闭在一个小环境里，这才是最危险的，因为致癌——宅。

2016.10.13

这场球比男足更让人伤心

先来说说国足。当然，参加预选赛的国足被骂得已经够惨了，而且场外花絮不断：什么“高洪波辞职内幕”“蔡振华儿子跟球迷互撕”……中国足球从不缺少话题，而且这几十年来有一个共性：除了主教练，剩下的所有人都懂球。

甚至还有人预测出了中国队这十场比赛的结果：第一场虽败犹荣，第二场主场惜平，第三场功亏一篑，第四场生死大战，第五场理论出线，第六场遗憾出局，第七场荣誉之战，第八场左右大局，第九场下届练兵，第十场看到希望。

目前来看，前四场还真都说对了，接下来让我们拭目以待吧。

其实比中国男足值得我们反思的事儿多了去了，没必要为他们伤心。国足的水平就是如此，本来就是以十二强赛的第十二名身份进来的，你还想咱们不算强队但也是中游，总能灭了叙利亚吧。事实证明，叙利亚也是这么想的。

就足球本身而言，其实最近最值得我们反思的，不是国足，而是另外一场比赛。前两天在广州一场普通的十一岁以下年龄段的比赛当中，出现了小学生打假球的事件。10 月 5 日下午，该赛事进行冠亚军争夺战。此前，广东青苗队与东山小爷队都是五胜一平，最后一场比赛两支球队不仅都要赢，还要多拿分，靠净胜球才能战胜对手。

最后一轮，青苗队的对手是排名垫底的一支球队，最终青苗以三十一比零狂胜对手，借此领先第二名的东山小爷队十七个净胜球。这比赛已经让我们瞠目结舌了。而另外一场东山小爷队的比赛当中，上半场东山小爷队一度以一比二落后，似乎夺冠无望了；结果下半场风云突变，当比分变成十五比二时，对方队员中圈开球后甚至直接把球往自己球门方向带。最终，东山小爷队以二十五比二逆转取胜，并在净胜球上实现对青苗队的反超，最终夺冠。

这场比赛让我想起了 2004 年世界杯预选赛，中国和科威特之间的较量，简直与此一模一样。之前两队积分一样，最后就拼进球数。中国队最后一场打的是中国香港，心想这是自己兄弟好说话啊，结果中国香港还真的特别配合，让中国队七比零拿下比赛，也赚足了净胜球。中国队正高兴呢，结果科威特那边传来消息，科威特六比一大胜马来西亚。不多不少，总进球数刚好比我们多。我们以为玩儿阴的很了不起了，没想到，还有更阴的。

国足坏了，没关系，就好像一朵花，花瓣烂了，无所谓，来年再长，但是根烂了，甚至土壤烂了，那可真就没救了。

这些孩子们，不就是我们中国足球的根吗？曾经邓小平同志的那句“足球从娃娃抓起”，如今变成了“假球从娃娃抓起”，这才是中国足球界里比中国男足更大的悲哀。

到底是谁授意指使孩子们这么踢球的呢？又是谁纵容了这种现象的存在？这些人必须出来，给家长，还有社会一个交代。中国足球，连续六届无缘世少赛，连续五届无缘世青赛，并且这些耻辱纪录还在延续，难道这些都是一个教练辞职就能解决的问题吗？

很多人都问，中国足球，该何去何从？其实要我说，也许咱们不用想那么远，回归足球的本质，就会找到方向。

足球为什么可以被称为世界第一运动，其实说白了，就是因为好玩儿，它能让人得到快乐。

其他的球可能对场地硬件都有要求。只有足球，只要有一块空地就行，除了一个球，不需要其他任何硬件。球门，拿俩书包一边儿放一个就是球门；边线，就靠大家伙的承受底线；草皮，那时候哪儿有什么草皮，都是土操场，跑起来尘土飞扬。我们踢球的都有一个绰号：校园吸尘器。

那个时候足球是我生活的一部分，但是现在，踢球变成了一件特别不容易的事儿。您看看，现在北京要十万人分享一块足球场地。场地费不仅贵而且还订不着。而且越职业的球员还越讲究，球场草皮软了不行，硬了不行，太干不行，有积水也不行。我心想：就你们那技术，就算把场地给你们换成冬虫夏草的，你们能踢出天山雪莲吗？

足球不是各方赚钱的工具，也不是标榜自己的政绩工程，而是属于我们的最简单的一种快乐。而现在，我们还有这种快乐吗？

所以，忘了中国男足吧。从电视机前，走到球场上，请有关部门，多给我们一个可以踢球的地方，让我们老百姓踢出个未来吧！

2016.09.26

世界上最小的住宅要火了

昨天我看见我朋友圈的一个温州做房产中介的朋友在卖房子，新田园小区的房子，价格两万四一平方。可能北京的朋友不了解，但是温州的朋友们一听就知道这个地方，它是很有名的一个小区。我为啥感慨呢，就是因为我发现我买房子的命运特别悲催。

2005 年大学毕业，到温州工作，我发现温州的房价都要一万二三了，那个时候的我觉得这简直是扯，难道房子不是单位给分的吗？就在我犹豫买不买的时候，温州的房子一路暴涨，后来 2011 年江边的房子卖到了八九万，而普通住宅（比如刚才说的新田园），卖到了三万八。

后来，就当我放弃买房，2013 年从温州来到北京的时候，前脚一走，后脚温州房价开始暴跌。江边的房子之前八九万，后来有的跌到了三四万，新田园也从三万八跌到了我昨天看到的两万四。

当然这并不是令我最悲伤的。最悲伤的是，我一到北京，北京房价开始暴涨。虽然市区我买不起，但是当时我可以买通州啊。2013 年去通州月亮河玩儿，顺便感慨了一下：“哎呀，这边的房子真好啊，而且价格便宜，一万五，就是离台里太远了。”结果现在再看，通州变成城市副中心后，月亮河那边的房子快五万了吧……

这些年来，我成功地避开了一次又一次的发财机会。

当然，没买到房子也不全是坏事。我朋友就特别后悔，为啥要买房子。房价虽然涨了，但这房子就一个人住也没有意义啊。最惨的是当房奴，每个月还款压力巨大。

去年底，他还问媳妇儿："媳妇儿啊，三年了，今年过年可以买件新衣服了吧？"媳妇儿说："看你那样，早给你买啦！"接着她从衣柜里拿出一条新男士内裤，抖了一下又放了回去，说道："别着急啊，等过年再穿。" 我朋友开心得热泪盈眶。

其实不管你有没有房子，住得舒适才是最重要的。说俗点，咱们中国人以大为美，不说宫殿，我相信每个朋友心里都有个别墅梦吧！好多朋友都是在京郊甚至天津那边拼死买了别墅，然后在北京的单位旁边租房住，可能面积也就五十平。一周当五天孙子，然后跑回别墅当两天爷。这就叫京津冀一体化。

我看到之后就特羡慕。马上我也工作满五年了，可以买房子了，大房子买不起，咱们可以先从小房子来啊。最近我就特别关注小户型的房子。

昨天我看到一个新闻：这两天，深圳正在推一个小户型的楼盘，其中小户型的面积多大你都不敢相信，一共就六平方米，一口价八十八万。广告词是这么写的："中国空前！深圳绝版！六平方米精装极小户型驾到！"最狠的是，这个房子一出来，基本就已经被抢光了。

之前据外媒报道，深圳已经成为全球房价第二贵的城市，仅次于加州圣何塞。分析显示，深圳最普通住宅的价格已达到八十万美元左右。

深圳外来人口多，都是年轻人，处于奋斗阶段，他们更看重的是地理位置和价格，所以这样的房子不愁销路。之前深圳广州昆山这些地方也都推过十八平方米的房子。虽然国家已经有规定，小户型住宅面积不应小于二十二平方米，但是这些开发商总是能找到办法打出擦边球，把房子弄出来。

这个新闻，给了我个启发：大的买不起，但是咱可以弄小的。房子虽小，但毕竟是自己的。前两天我就找了一家房产中介，把要求跟他们说了，结果这两天电话不断啊。

第一天中介问我："哎，哥们儿，给你看一小户型，就在广安门行吗？"

"行啊，多大啊？"

"三十平方米吧。"

"三十平方米？太大了！我都收拾不过来，你给看看再小点儿的。"

第二天中介又给我电话："哎，哥们儿，今儿这个小啊，就十一平方米。"

"十一平方米？这个好，跟哪儿啊？"

"离你们台特别近，在文昌胡同，老房子。"

"哎呀，老房子没事儿！这地段儿好啊！十一平方米，这房子不得四十万啊！"

"大哥，你真懂行啊，确实是四十万，一平方米！"

"……那什么，四百四十万啊？！"

"对啊，北京二实验小学在这儿啊！"

"你是我哥，你给我找个便宜点儿的，行不行啊？哪怕再小点儿！别给我整学区房，你看我这样的配生孩子吗？”

中介听完很自责，毕竟大家都是北漂，有些东西感同身受。昨天中介终于又给我个电话，这次他语气特别笃定地说：“找到了！兄弟别说我没照顾你啊！这次这个完全符合你的要求。”

“多少钱啊？”

“十万。”

“这个真可以啊！多大啊？”

“面积稍微小了一点儿，一米二。”

“一米二？！还有这么小的户型呢？在哪儿啊？”

“离你们台也不远，八宝山。”

…………

也行啊，别人有条件的，可以弄个经济适用房，像我这种没条件的，也只能弄个经济适用坟了……

2016.08.31

把爹坑哭的开学经济

我至今仍记得我上学第一天的尴尬。

以前幼儿园的管理都很松，那时候不像现在，现在很多幼儿园都开始教外语了。我们那时候就是一堆小孩儿在一起吃完了睡，睡醒了玩儿，老师跟保姆差不多。

小学第一天上学，突然开始正规的学习我就各种不适应。那时候，我姥姥特别疼我，开学第一天在我口袋里塞了一把大枣。没人告诉我上课不能吃东西，老师在上面讲课，我就在下面吃东西。结果老师拿着课本走到我身边也不看我，把手伸我面前。我没明白什么意思，就把枣核吐老师手里了。我心想老师比幼儿园的阿姨照顾得还周到啊！然后我就光荣地滚出去了。

虽然怀念在学校的感觉，但是人不能逃避现实，总要在社会上实现自身价值。另外，上学实在太费钱了！尤其是现在的家长朋友，学区房补习班这些都不用说。咱就说开学装备，就够各位家长大出血了。以前家长常说“等你上大学我就不管你了”，其实等你上了大学才知道，这一切远没有结束。

想当年我们上大学，在寝室贴了一副著名的对联，上联：话费路费宽带费费费待缴；下联：饭卡水卡公交卡卡卡要充；横批：开学破财。

有调查显示，大学新生入学“装备”的花费基本在八千左右，加上交通费、生活费等费用，至少需要准备一万六。20世纪90年代初，大学生入学的费用仅几百块，二十多年后，开学消费增长了近百倍！您想咱们上学那会儿，甭管中学大学，必备的东西，也就是书包、文具、书本，后期最多弄一文曲星。说实话，文曲星在我手里真没啥用，我都是拿它打俄罗斯方块儿。老师问：“你干什么呢？”我说：“我查单词呢！”老师怒了：“你当我傻啊！有用文曲星竖着查单词的吗？！”然后我又滚出去了。

现在的孩子可完全不一样了。除了我们那些，他们还要手机、电子词典、学习机……对于大学生来说，智能手机、平板电脑、数码相机甚至生活日用品都需家长给准备齐全。正因如此，催生了暑假结束后的一股学生消费热潮，被称为“开学经济”。

数据显示，国美、苏宁等电器卖场在寒暑假开学前十天左右迎来学生购物高峰，此时的销量超过平时销量的百分之二十。也有人把开学日称为家长的“破产日”。

有媒体报道，有家长为上大学的子女购买上学三件套，即iPhone、iPad和苹果的笔记本电脑，直接花掉家长三个月工资，而这只是学生群体当中的一般水平，开车的、用奢侈品的也有很多。

想想真是感慨，我们那时候的三件套都是床单、被套和枕套。

“开学经济”火爆是多方面综合因素共同作用的结果，其中一个原因是学生的攀比心理。根据《中国青年报》社会调查中心的一个调查显示，在被调查的一千七百三十人中，多达百分之九十六的人感受到当前青少年普遍具有攀比心理，有百分之七十八点七的人认为爱攀比是“受整个社会普遍攀比风气的影响”。学生在学校内存在攀比心理，追求“更漂亮、功能更多、更新颖、更昂贵”的用品用具，便会要求家长为其购买，从而推动了“开学经济”。

在开学经济面前，我们一直说可怜天下父母心，但是再仔细想想，其实父母一点儿都不可怜，这种攀比心理更多是来自父母的教育，总是想把最好的给孩子，哪怕是自己勒紧裤腰带。尤其是上大学的孩子，在我们固有观念看来，总算是完成了一件人生大事，有种犒劳心理，给弄些最好的东西当礼物。盲目消费一方面助长了孩子的虚荣心，另一方面也助长了这种反常的社会风气。而从我们成人自身的角度来讲，又何尝不攀比呢？

有一次跟一个德国的朋友聊天，他中文很好，我们聊着聊着就说到了红酒。这个德国人就说："德国的红酒非常好，葡萄种植区特别大。"我说："你们的红酒根本比不上法国的。"德国人笑了，说："德国人从不买法国红酒，第一因为贵，第二因为看不懂说明。"我说："我们中国人就买法国红酒，跟你们不买的原因也是一样的，第一因为贵，第二因为看不懂说明……"看得懂谁买！

所以，反思一下如今青少年的攀比心理，是不是来自于成人社会的潜移默化呢？

人不是不可以奢侈，但是要量力而行，而且要在合适的时机。学校是学习知识的地方，最大的财富是课堂上老师所传授的东西，而不是你背的包和开的车。认真完成寒暑假老师给你们布置的任务，比任何装备都更重要。

我就很后悔曾经的假期，都没有好好完成老师留下的作业。我还记得当年有一次暑期结束开学时，老师在课堂上问我："大铭，暑假你看书了吗？"

"看了啊！"

"别骗老师了。我就知道你不会看！放假之前我特意把你那本书第十一页和第十二页用胶水粘上了，到现在仍原封不动，你再说你看没看。"

"……我没看。"然后我又滚出去了。

不过很多年之后，我突然意识到一个问题，十一页跟十二页，是不是一张纸啊……

2016.07.01

孤独是人生最可怕的事儿

现在很多学生开始憧憬上大学的日子，但是有的人会担心：万一上了大学，分配的寝室不好，室友都是奇形怪状的，怎么办？

昨天有个新闻：一个宿舍里面就一个不抽烟，其余都是烟民。为了不影响大多数人的利益，这哥们儿只能自制一个排风呼吸系统——把一个大箱子套脑袋上，连着一个巨长的黑塑料袋做成的管道通向室外，这样能呼吸点新鲜空气。很多网友看到以后都很心疼，也有人非常关心地说："兄弟，黑塑料袋的成分是聚乙烯，而且还加上了燃料，你觉得这个会比二手烟好很多吗？"所以说，这个世界知道得越多就越痛苦。

因为解决不好跟人相处的关系，所以大学那会儿经常有人搬出去住。我们当时有个室友，开学的时候见过几次，后来他就没在寝室住了，可能是嫌宿舍环境差，出去租房了。

我们当时住的是吉林大学的老宿舍楼，条件确实不怎么样。我在一楼把边儿，到了冬天特别冷。有一年，暖气管道坏了，外面零下二十五度，屋里零下二十三度，其他寝室的很多同学都把自家拿的腊肉香肠往我们屋送，让我们帮他们冷藏一下。

当时我们还挺羡慕那个出去租房住的室友。结果后来有一次我们去看他，只见他变得骨瘦如柴，精神恍惚，眼圈巨黑，脸颊深陷。我们就问：“你咋啦？”他说：“我吸毒了。”我们大惊失色。“吸毒？！吸多久了？”他说搬出寝室住到这儿就开始吸了。我们问：“那你吸的是什么毒啊？”他双眼无神，呆滞地看向远方，缓缓地吐出两个字：“孤独。”

不要小看孤独，其实孤独并不是一种美。它真的就像毒品，会让你越陷越深，而且也确实会给身体带来危害。

人类从来都是群居生活的。如今人口爆炸，摩肩接踵，灯红酒绿，说孤独总给人一种矫情的感觉，但是孤独确实真实存在着。

近年，美国心理学家的调查为现代都市人的孤独感提供了最有力的佐证。在四百名受访者中，所有人都自称有过孤独感。新浪网曾进行的一项调查也显示，近百分之七十的人表示“孤独是生活的常态”。

而古人对孤独是崇拜的。李白“举杯邀明月，对影成三人”，一个人都玩出了花样。在很多古人看来，曲高和寡是一种美。但是在现代社会完全不是这样。越来越多的研究证实，孤独会给人的心理和生理造成双重打击。美国的最新研究甚至显示，孤独伤身，等同于每天酗酒或抽十五根烟。

所以，刚才那位用箱子套头的同学，你把自己隔离在室友之外，以为不吸二手烟了，但却还是让自己抽了十五根儿。

欧洲一项针对一千二百个成年人所做的调查显示，约有三分之一的人常感到孤单。在最新一期美国《人格与社会心理学》杂志上，芝加哥大学历时三十年追踪五千二百一十四名美国人后发现，人们一年平均有四十八天会感到孤单，而且孤单会传染。调查表明，如果身边有一个携带“孤独病毒”的朋友，你因此陷入孤独的可能性比常人大百分之五十二。

而在中国，孤单的人有很多。比如：位高权重的领导，他们也知道自己每天面对的笑脸和见面的寒暄背后没有什么真实的情意；如今的公务员群体，社交恐惧症泛滥；都市白领，忙忙碌碌不知道为谁而活；最严重的就是空巢老人，孩子无奈地忙，也凸显了他们无奈的孤独。

之前我们去看望养老院的老人时，他们说自己最大的痛苦就是孤独。当时，一个老奶奶抓着我的手，说："你知道吗，这个世界上啊，除了一只小狗，我再没有其他亲人了。"当时我对她说："奶奶，不要绝望。我有办法解决您的孤独，您可以再养一只小狗……"

人越多越孤独。因为人和人之间复杂的关系，很难彼此信任：同事间可能是竞争关系；邻居，没一个认识；兄弟姐妹少而且疏远；路人，我们都抱着戒备的心理。这是时代的无奈与悲哀。

有人说，对抗孤独最好的办法，就是交几个没有利益纠葛的朋友，这个方法挺好。但是我觉得我们可以尝试从根本上改变：只需要一个微笑，一句问候，哪怕对方是一个陌生人，这种温暖的传递，也会打破我们心中的孤独感。

你看这两天又开始热了，昨天白天大太阳都出来了。我中午出门的时候，就看见小区门口站着一个中介在那儿揽生意。天那么热，他一个人，穿着白衬衫、西裤、皮鞋，脖子上挂个牌儿，中介标配，脑袋都晒冒油了。我心里觉得这帮人真不容易啊，于是我就跟他说："哥们儿，你们这些干中介的真辛苦啊！这么热的天，还得出来干活儿。"

结果中介小伙儿说："大哥，没事儿。其实挺凉快的，到处都是冷屁股。"

2016.01.27

我的妇产医院奇遇记

现在都说医患之间容易有矛盾，其实很多时候都是沟通出了问题。这个我以前感受不是那么明显，但是自从去了一次妇产医院，我的心灵真的被触动了。

其实按我原来的理解，我一直认为妇产医院是一个跟其他门诊科室不一样的地方，那些地方都很痛苦，这里应该很幸福，因为这里是迎接新生命，奔向新生活的地方。

当我到了之后才发现，跟我想的完全不一样。很多人都忧心忡忡，有的眉头紧锁，有的唉声叹气，还有一个孕妇嗷的一声从诊室哭着就出来了。这时候好多孕妇都围了上去，嘘寒问暖。我也一个箭步冲上去，想看看什么情况。后面有个护士朝我喊："哎，那个孕妇，你不要跑，危险啊！哎，是个男的啊……没事儿了。"

…………

那女的为啥哭呢？其实就是因为大夫说她血检的各项数字有问题，孕酮啊，血 HCG 啊，可能不太正常，于是直接跟她说："你可能宫外孕，就算不是，这孩子也保不住。"你说一般姑娘哪儿受得了这个，本来很美好的向往一下子变成绝望，她就崩溃了。

女人本来就是神经质，怀孕的女人更是脆弱，所以千万不要刺激她们。这个时候围观的女同志开始七嘴八舌地安慰这个姑娘，开始说起自己怀孕阶段遇到的各种大夫各种刺激。

有个大姐说："大妹子，别害怕，我们都被刺激过。我当年怀孕的时候，大夫说我得了梅毒，害得我差点儿跟我老公离婚，后来才发现是误诊。然后中期医生说我有糖尿病，吓得我什么都不敢说，老公老是害怕。之后她又说我羊水超高，害得我差点儿去做羊水穿刺。去做染色体检查的时候医生还说我孩子是畸形。整个孕期没有啥事儿是让我安心的。就连生那一刻，医生都说我会生畸形的。我真的害怕了！但是生出来那一刻，一点儿事儿没有……你说那时候我得多大勇气啊！"

还有个大肚子的孕妇在旁边说："姐，我也差不多。我这是二胎，当时怀大宝到四十周的时候突然羊水很多，那个医生也说，虽然前期各项检查都做了，但羊水多宝宝有可能畸形，还说产妇有可能大出血，必要时要截掉一条腿……吓得我和老公是哭着签的字，送进产房那一刻跟生离死别似的。后来也是平安无事。我老公就说了，他还没升官发财呢，没到死老婆那一步。"多好的安慰啊！

旁边一个八个多月的孕妇也说了："大夫有时说话是挺吓人的。我当时照四维的时候，说胎儿颅后积水，数值是零点八，生下来有可能是智障，让我们回家商量，吓得我都不知道怎么回的家。回家后老公上网查了一下，说零点八不高，没关系，就是有点多而已。上个月产检，说孩子绕颈一周，让我们回家注意胎动。其实前两句话没什么，后来她又补了一句，这两天也不知道怎么了，好几个孕妇都是绕颈，孩子都死在肚子里了……当时我腿都软了，吓得我回家天天数胎动，还买了个胎心仪，天天听。今天来产检又没事儿了……"

大家在旁边说起各种被大夫吓唬的经验，听得我真是一身冷汗。没想到，我们的顺利降生是如此惊心动魄，光打败几亿个竞争对手还远远不够，接下来还要面对着缺这个缺那个、畸形、智商低、缠脖子等各种致命打击。所以想想现在生活中遇到的那点小困难，跟我们生出来相比算得了什么！

在这里向所有的妈妈们致敬！

大夫们说的话都没错，每种情况都是有可能发生的，把情况告知患者，是大夫的职责。可问题就在于告知的方式，是不是有点不够委婉呢？

世界医学教育联合会 1989 年 3 月在《福冈宣言》中指出："所有医生必须学会交流和处理人际关系的技能，缺乏共鸣'同情'应视作与技术不够一样，是无能力的表现。"著名未来学家约翰·奈斯比特说："21 世纪最震撼人心的突破将不是来自于技术的进步，而是来自于作为'人'这一概念的扩展。"这些话是非常耐人寻味的。

作为一名医生，您不再可能像过去那样指使或命令病人去做什么，而是要靠你的沟通技巧、你的亲和力去影响病人。

如果对方有宫外孕的可能，您能不能讲得全面一点，说明这只是一种可能性。退一步讲，就算是真的，那么应该如何应对和处理，不要说到"大出血危及生命"这一步就戛然而止。

最后还有朋友问："大铭，你为什么要去妇产医院呢？"这个问题其实很简单，我们台有个女同事怀孕了，她老公比较忙，白天没人送她去产检。我人好，就去送送她，而且她也说了，要给我介绍对象。

你还别说，后来真给我介绍了。我问："女孩儿咋样？"她说："人特别好，还本分老实。这年头这么乖的姑娘已经不多见了，就是有一点，她老黏人了。"我想：女孩儿黏人也没什么不好，只要她只黏我不黏别人就行呗。我当时就同意了。结果见面那天，我悲伤地发现，她说得一点都没错，对方还真是老年人，起码五十了！

姐啊，你这不是委婉啊，你这就是蒙人啊！

朋友圈里的标题党

人总有一种欺软怕硬的习惯。

我上小学三年级的时候，仗着自己长得高一点儿，总欺负同桌那个女孩儿，那时候觉得自己很厉害。直到有一天，她爸爸来给她送伞，我一看，她爸爸光头文身，一脸的横肉。我问她："你爸干啥的？"她淡定地说："贩毒的。"从那以后我再也不敢欺负她了。

直到有一天，我看到她爸在街上卖耗子药……

很多时候我们为了吸引人家的眼球，总会想出一些像这样的办法，用有歧义的文字，加上意味深长的省略号，故意引起别人的误会，也就是我们所说的"标题党"。而现在，新媒体时代，已经成了标题党的天下，你在网络上写篇文章或者出个音频视频，如果没有点儿下三路吸引人的标题

是绝对不行的。

在12月初，北京市网信办对新浪、搜狐、网易、凤凰、焦点五家网站乱改标题、歪曲新闻原意等“标题党”行为进行了通报，并下达行政处罚检查通知单。这个行动，拉开了国家整治标题党的序幕。

其实说到整治，这当然不是第一次。最著名的一次，是2015年1月10日，福建漳州二十六岁青年吴海雄在他经营的微信公众号“石狮民生事”上发布信息：“昨晚，石狮，震惊全国！一家三十四口灭门惨案！转疯了！”他称福建石狮一家三十四口被残忍杀害，其中一个有孕在身，并指称犯罪嫌疑人逃往北流方向，警方正在进行调查。而文章结尾处附上一张现场血腥照片，结果你惊恐地一看，嗨，是三十四只死耗子。

该条微信随即被疯狂转发并引爆朋友圈。七天后，吴海雄因涉嫌“虚构事实扰乱公共秩序”被石狮市公安局处以行政拘留十日的处罚。这个故事告诉我们一个道理，吹牛不上税的日子已经结束了，任何造谣如果引起大的社会影响都要承担法律责任。

而这样的文章太多了，随便打开朋友圈，看到一篇文章《那对情侣在阳台做了什么？全程被房东偷拍》，我点进去一看，是一对儿小鸟在一居民楼阳台做了个鸟窝，被市民拍下来而已。

除了这种靠色情暴力字眼吸引关注的，还有另外一种，什么“朋友圈转疯了”“转了上千万次”“阅后即焚”“看完泪如泉涌”“不转不是中国人”……由于羊群效应和从众心理，当大家看到类似的煽情文字以后，都会不自觉地点击和转发。但当我们仔细看了以后才发现文不对题。

还有一种是鸡汤标题党，这种也很可恨。

前天跟朋友吃饭，他问我说：“大铭，我领导经常在朋友圈分享《莫言最经典的十句话，读到哪一句你心碎》《白岩松告诉我们的十个道理》这样的文章给我们。其实我觉得这种东西很愚蠢，因为莫言、白岩松根本就没说过这话。但他毕竟又是我领导，你说该咋办？”我告诉他，少废话赶紧点赞。

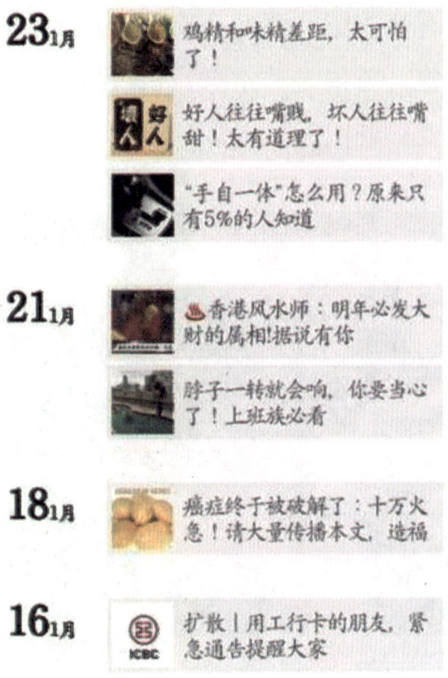

（某网友母亲的朋友圈截图）

比领导更让人为难的其实是我们的父母，他们经常发的文章是养生标题党。这绝对是当下朋友圈最流行的文章类型了，如《让你不生病的三道养生菜》《大白菜排毒你绝对想不到》《日韩黑蒜养生，人均寿命世界领跑》…… 依据“新媒体排行榜”对三十二万个样本数据账号的统计，去年被复制转载最多的微信公众号标题，就是养生一族最钟爱的一则补肾秘方。我也不明白，为什么只有中国人天天身体被掏空。

微信安全中心发布了上个月朋友圈谣言报告，从“吃麻辣烫感染 H7N9

病毒”到“菜板洗不干净致癌”再到“最近羊肉不能吃”，全都是标题党在造谣。最典型的，进入冬季，北京雾霾加重了，于是上个月这条消息在微信里面疯转，我妈给我连发了三次，标题是《吃猪血鸭血能除霾》。害得我天天中午鸭血粉丝汤，晚上白肉炖血肠。好几次上厕所都怀疑自己犯了痔疮。后来果然证明这是一篇伪科学的文章。

其实说这些的时候我很惭愧，因为这事儿干得最多的，就是我们媒体人。现在无论是传统媒体还是新媒体，无论是报纸还是网站，为了吸引更多人关注，我们会习惯性地给标题润色。比方说：官员被抓了，我们的标题一定会从他有多少情妇入手；哪儿出现命案了，标题先关注的是死者有没有穿衣服；哪儿有交通事故纠纷了，一定塑造出宝马男或者中国大妈的形象；哪怕是非常严肃的会议，好多网站点击率最高的新闻都是“会上的美女记者们”。

标题党为了自己的实际利益，已经突破了传播者“内容为王”的职业底线，极大地危害了公众的正当知情权，甚至造谣生事。更严重的是，虚假信息还会让公民的生命和财产安全受到伤害。长此以往，势必导致社会功利主义蔓延、诚信不在、价值扭曲和认知混乱。

此刻，我们需要的是权力部门的职能作用，以制度挂帅；需要的是媒体行业的自律，坚守底线；还需要民众自发的监督，提高自身素质。而遇到那些恶意标题党，必须查究问责，依法惩治，消除影响，以正视听。

这事儿如果再不管管，那么媒体将会娱乐至死，公信力将会荡然无存。

我之前不是出了一本书《不吐槽不快乐：生活就是一场脱口秀》嘛，但是最近我查了一下，卖得不好。所以有自媒体大师给我把脉，他说：“大铭啊，你这书其实内容不错，就是这书名有点儿问题，我给你改个名，包你大卖。”我问他：“什么名字这么好使啊？”大师微微一笑，说道：“既然你这本书的意义就是把脱口秀的内容写出来给大家看，干脆，书名就叫《‘脱’给你看》。”……

2015.11.04

闹洞房的必杀大招

最近领导跟我说："大铭啊，你能不能讲讲闹洞房的事儿啊，最近这方面的新闻很火啊！"我心里一惊，我们领导果然慧眼识珠，看出了我丰富的洞房经验。

别误会。其实，我除了是一个节目主持人，还是一个经验无比丰富的婚礼主持人。以前在南方的时候，那边都是晚上结婚，所以周一到周日哪天都有结婚的。在南方，我作为主持人有好多主持婚礼的经历。迎亲，撞门，闹洞房，甚至婚礼现场就有好多折磨新郎新娘的招数。比方说：

"高跟酒杯"，就是让新郎把新娘的高跟鞋当杯子喝酒。我见过一个新娘脚大，42 号鞋，直接把新郎喝吐了。这也就是脚大，万一再有脚气怎么办？新郎去医院跟大夫说："大夫我的嘴得脚气了。"这可把医生难住了。

"爱的苹果"，是为了表示绵绵情爱，要新娘削苹果喂新郎吃，但苹果皮不能削断，断了罚新娘长吻新郎十分钟。这年头有几个姑娘有这技术活儿啊！大多数新娘把苹果扔了，直接亲吧，这门儿技术还是可以的。

"鲤跃龙门"，要求新娘分开两脚站着当作龙门，然后拿一个橙子插上牙签，尖儿朝外，新郎光脚把它踢门里，踢不进罚酒。想一下我就疼，我特别建议中国男足应该借鉴一下。

“红唇猎艳”，就是新娘跟一帮姐妹涂上口红，把嘴唇印在纸上，让新郎看着这堆唇印儿找出哪个是新娘的。除非你媳妇儿是大嘴，要不一般人真看不出来啊！

但是上面这些招儿只是坏，还不够损。

还有一个损招叫“洞房上锁”，即事先把新房锁上，钥匙藏起来，让新郎找，每找错一次，新娘则必须让来宾亲一次，直到找着为止。

其实这还不是最损的。还有一招叫“旧情绵绵”，要新人双方各招出过去交往的男女朋友的人数、长相等，否则不准进洞房。结婚你让人家说老情人，还能好好洞房嘛！这就是看热闹的不嫌事儿大。

损招还有好多，我本来写了七八十个。我们领导看了以后面红耳赤，擦了擦口水对我说：“大铭啊，你这些招在节目里都不能说，尺度太大！这样吧，你先说这几个，剩下这些尺度大的，我自己拿回家先批判性地研究一下。”

确实，我刚才说的这些招都不是尺度最大的。那各位接着往下看。

安徽安庆，一名男子在新婚之夜被亲友逼着穿上情趣内衣，在皮带的驱赶下进商场乞讨游戏币。

山东滕州一位新娘子刚下婚车，就被迎亲的几个伴郎在嬉闹中扔到半空，但掉下来时愣是没接住，结果新娘后脑勺着地，当场昏迷不醒。

一位太原的小伙子在迎亲过程中被朋友多次猛打，气管断裂，在昏迷多日后离开了人世。

榆林市某小区内发生一起悲剧，白天刚刚办完婚礼的男子蔡某，在晚上闹洞房时从六楼坠下，经抢救无效后死亡。

一些地方扒掉新郎的衣服裤子不说，还要在新人身上喷上“淫”“贱”等字样，有的还把新郎绑到电线杆上喷，新娘和双方父母也难逃此劫。

岂止家人，近些年连伴娘也惨遭毒手。山东泰安十六岁伴娘被扒光猥亵的事件引起了社会的广泛关注。事发后新娘居然在网上发帖称，伴娘遭扒衣是泰安习俗，而且事前也跟伴娘说过。在我看来，好姐妹才能当伴娘，现在想想，你跟谁有仇就让她当伴娘吧！

在中国很多地方，闹洞房已经演变成单纯以挑逗和侮辱新婚夫妇为乐的“闹婚”，经常因闹得太过，给新人和双方亲友都带来不愉快。

我当过婚礼主持，在我们圈子里面有很多这样的故事最后演变成了事故。如新娘家堵门对新郎百般刁难，最后新郎直接走了，新娘和父母在后面苦苦追赶；婚礼当天闹伴娘，把伴娘抱起来就往地上摔，然后还说伴娘就是要绊倒，结果伴娘直接腰椎骨裂；还有女方在婚礼前一天晚上突然要求加彩礼，双方谈得很不愉快，后来新郎还是答应了，可结婚当天，新郎逃婚了。

当然，我听过一个最狠的故事，虽然跟闹洞房无关，说到这儿了就让各位开开眼。这是一个真实的事件。新人结婚，司仪说请看大屏幕，接下来是爱情短片。大伙儿本以为是年轻人喜欢拍的爱情微电影、MV 什么的，结果出来的却是新郎跟另外一个女人偷情的视频。这时，新娘冷笑着走出来说婚礼结束。说实话，男的有错儿，但是这女的也真够奇葩。

有点儿跑偏了，再说回正题。中国婚礼的繁文缛节已经伤害到了婚礼本身，闹洞房尤其如此。

关于闹洞房的来历，中国民间有两种说法：一是驱邪避灾，请客人们在洞房里嬉戏说笑，用笑声驱走邪鬼。二是认为闹洞房首先在北方出现，而且开始时主要是闹新郎。这与北方民族的生活习性有关，他们以狩猎和游牧为生活手段，所以要求男人要非常剽悍。在新婚的时候忍受棒打可以证明一个男人是合格的大丈夫。但是那也只是棒打。正所谓士可杀不可辱，你在他们身上写一个“淫贱”，你试试！

此外，由于过去的婚姻是父母之命、媒妁之言，男女双方婚前甚至都没见过面，所以为了让新娘和新郎尽快熟悉起来，才有了这些“闹”的仪式。婚礼本来是借“闹”来营造喜庆的氛围。不过“闹”的仪式在出现不久后就变了味，演变成以助兴为名的集体狂欢，对新郎、新娘极尽侮辱，甚至伴娘也遭到了接近强暴性的猥亵。

《中国青年报》曾做过一项调查，结果显示，百分之七十九点二的受访者都曾经历过“闹洞房”，百分之六十点九的受访者直言并不喜欢“闹洞房”的婚俗。

所以，新一代的年轻人，如果你不想让自己受到伤害，不想让自己新婚第一天变成忍者神龟，不仅要摒弃婚礼中那些低俗的环节，还应该拿起法律武器来保护自己。

整人游戏过于粗俗，更有甚者对新娘、伴娘动手动脚，轻者构成性骚扰，重者则构成强制猥亵、侮辱妇女罪。我国刑法第二百三十七条规定：“以暴力、胁迫或者其他方法强制猥亵妇女或者侮辱妇女的，处五年以下有期徒刑或者拘役。”

当然，现在大城市中的大部分人闹洞房已经越来越理性了，更多的是一种对新人的祝福和适当的玩笑。只是还有少部分人，总有一种不闹不快的想法。

徐强前两天参加婚礼，说要好好闹闹洞房。当时我就把他给制止了。我说：“人家结婚过日子，你闹什么闹啊，你整出事儿来怎么办？”后来强哥痛定思痛决定不闹了。

那天我看见他就问：“强哥，你参加婚礼闹洞房了吗？”

“没闹啊！”

“那你进去以后干啥了？”

“啥也没做啊，我就特别礼貌地敬他们一杯酒，祝他们早生贵子，然后就回家了。”

“强哥你真成熟了！后来新人怎么样了？”

“后来？后来我在他俩酒里下的泻药就起作用了。听说洞房那天，俩人在厕所待了一晚上，此起彼伏的……”

2015.09.23

舌尖上的古董

上学的时候我是一个人缘儿特别好的人。每到午休吃饭的时候（那时候都带饭盒），我同桌都会先把他带的饭喂我两口，然后特别甜蜜地跟我说：“昨天晚上的饭，你尝尝馊了吗？”

我们知道，任何事物都有保质期。其中食品的保质期是最短的，夏天的饭菜隔夜就可能变味。但是近些年来却有很多新闻让我们大开眼界，在食品界，居然有些东西是永不过期的。

前不久，英国女王伊丽莎白二世过生日，有一块女王结婚时候的蛋糕被拿出来拍卖，起价五百英镑。算算时间，女王是 1947 年 11 月结的婚，到现在正好六十八年，这块蛋糕堪称蛋糕届最高寿的。而且主办方说这块蛋糕含有高浓度的朗姆酒和白兰地，保存良好，仍然可以吃。六十八年的蛋糕还能吃，让现在放三天就长毛的蛋糕们情何以堪。

不过也不用羡慕人家，说到永不过期的食品，咱们中国也不比他们少。

前两天去小卖部买饼干，我平时喜欢吃奥利奥，顺手买了一袋儿，吃在嘴里感觉不是那个味儿。我一看生产日期，1998 年，再一看保质期，常温储存三十年，行，还没过期，再一看名字差点没把我噎死，这哪儿是奥利奥啊，这个是“马里奥”。

山寨产品随便瞎写也就算了，但是我们身边就有一些实打实的、永不过期的食品。

这不，快到中秋节了，过节总得跟亲戚朋友领导同事互相走动一下。家里存了那么多月饼，根本吃不完，拿去送一送。有的人没注意，一不小心拿了去年的月饼，这样的话估计就友尽了。

来自《浙江日报》的新闻更狠。有一哥们儿在家整理月饼的时候，发现有一盒月饼已经放了十年，生产日期2005年，堪称古董月饼。出于好奇，他拿出来看看，月饼没长毛，油光锃亮，完好无损，掰开来瞧瞧，里面也没坏。对此专家表示，月饼放了十年都没坏，这不是月饼质量好，而是防腐剂放得太太太多了。

还有盒饭，这个我们从小吃到大，都比较了解。盒饭平时最多放个两天，如果放冰箱里保存，也就一周的保质期。但是中国某高铁服务部门却把盒饭保质技术提高到了宇宙级的水准。

之前有新闻报道，一哥们儿在从上海回杭州的高铁上买了一份盒饭，但是盒饭上印着的保质期竟然长达六个月。这令他百思不得其解，难道中国的防腐技术已经如此登峰造极？

对此，上海华铁旅服公司解释道：“列车上的盒饭经过特殊处理，常温下保存半年完全没有问题。”不过技术专家随后泼了冷水，说熟的饭菜保存半年之久，除非是真空包装，列车上的盒饭是绝对做不到的。

其实我想说，且不说能不能保存那么长时间，咱就说你高铁上的盒饭本来就卖得那么贵，结果你还让我们吃半年前的，你以为你这是拉菲啊，跟我这儿讲年份呢！

当然，最强大的永不过期食品还不是刚才说的那些，最强大的应该是僵尸肉。这不是文学作品里那些真人死后僵化的肉身，这里说的僵尸肉是指冰冻多年销往市场的冻肉，大多为走私品，质量安全不能保证。这要是拿到市面上，再用化学药剂加工调味就变成美味佳肴了。

今年 6 月，海关总署在国内十四个省份成功打掉专业走私冻品犯罪团伙二十一个，货值超过三十个亿。里面就包括冻鸡翅、冻牛肉等产品十多万吨。

虽说冷冻可以延长肉类的保质期，但那也是有限度的。零下十八度的冷冻环境，鱼肉保存最多不超过半年，牛肉只有九十天，鸡肉久点儿也不过一年。

但是僵尸肉保存的年份是相当惊人的。2013 年 5 月，南宁市警方就曾查获一个冷冻肉走私窝点，其中“资历”最老的鸡爪，包装日期显示封存于 1967 年。1967 年，不知道各位啃着比自己还老的鸡爪子是一种什么感觉呢？所以我建议央视再做一档节目，可以叫作《舌尖上的古董》。

从 2008 年毒奶粉事件以来，我们就开始意识到了身边的食品安全环境是如此险恶。有人甚至把地沟油、三聚氰胺、苏丹红和僵尸肉列为“新四大发明”。

以前我们说起“中国以百分之七的耕地养活了占世界百分之二十二的人口”时，有种骄傲的感觉。但是现在想想，难道我们的食品底线就是能把人养活吗？工业的东西，过期这么久的东西，还往人的肚子里塞，这就是“建设节约型社会”吗？

食品安全事件的频频出现，反映的正是日常监管的乏力。要知道在这些特大案件背后，已有为数众多的公民遭受到了健康威胁。

农业部部长韩长赋曾经坦言：“2008 年的婴幼儿奶粉事件是我们心中永远的痛。现在消费者纷纷直购、代购、网购进口奶粉，这是中国奶业界人士的耻辱。”

我突然很怀念我小的时候。那时候，人们喝的是健力宝，穿的是白色大回力、梅花运动服，骑的是永久自行车，拍照用的是海鸥相机、乐凯胶卷……化妆品是万紫千红和百雀羚，还有雪花膏。那时的大米没问题，奶粉没问题，油没问题，肉没问题。只有钱是个问题！

2015.08.20

看看外国娶媳妇儿有多便宜

七夕来了，祝天下有情人，情比金坚，永浴爱河。

现在说“爱”是一件特别奢侈的事儿，因为爱到最后你肯定得结婚哪，都说了不以结婚为目的的谈恋爱都是耍流氓，但是结不起啊！中国人的结婚成本三十年来增长了数千倍。近年有关统计数据显示，近一半新人结婚费用的百分之二十至百分之六十来源于父母支持；其中更有百分之十四的新婚青年，其结婚消费的百分之八十，甚至百分之百全靠父母资助。这些父母也不可怜，因为很多父母想给孩子办大场面婚礼，觉得有面子。

以前我工作的地方——温州，就是一个这样的典型：一方面经济极其发达，另一方面思想非常传统。上一代人特别能吃苦，走南闯北，敢为天下先，于是积累了不少财富。但是他们又非常护犊子，总想自己没能实现的都要补偿到儿女身上，所以婚礼都是超大手笔，男拿房子女送车，这是最起码的。车还必须是好车，要是国产车都不好意思跟人家打招呼。

在温州经常可以看到这样的怪现象：很多年轻人，挣着一个月五千块的工资，却开着一千多万的保时捷……唉，每月工资都不够油钱。

婚宴也是极其奢华。有一次，我主持一场婚礼，上上下下从布场到灯光，从音响到桌上的一条鱼，全场最便宜的就是我这个主持人了。难怪那边儿随份子都两千起，要不你酒席钱都赚不回来啊！

每个想结婚的年轻人，尤其是男孩儿，压力巨大无比，甚至好多人都不敢结婚。其实要我说，世界那么大，你可以去看看啊！全世界像中国娶媳妇儿这么铺张浪费的其实已经算奇葩了，所以不要灰心，中国媳妇儿娶不起，咱可以找外国媳妇儿啊！

前不久有媒体报道，说在朝鲜的中小城市，最受年轻人欢迎的求婚礼物，不是钻戒首饰名车名表，而是手机。朝鲜手机价格为两百至四百美元，现在就算人民币贬值了那也就两千来块钱的事儿！所以得到这个消息后，中国网友们纷纷表示要“带个手机去朝鲜”。

其实像这样娶媳妇儿成本低的国家太多了。比方说在保加利亚的一个村落，每年都会有上千的吉普赛人来这里相亲，因此这里也被称为“新娘集市”。说是集市，那必然涉及买卖，卖的东西就是新娘。据了解，一位年轻美女的身价可高达数千欧元，换算成人民币，也就几万块。几万块人民币就能娶回媳妇儿，想想也不贵。

这个跟我们所熟知的越南很像。中国很多男人找不到老婆，于是就去越南买一个。据媒体报道，中国确实有不少人“组团”去越南买新娘，只需花费三万至五万就能娶到一个淳朴勤劳的妻子。她们绝不会吵吵要买什么包包，也不会说“你看看人家隔壁老王”这样的话。于是有人还以此为业，专门介绍越南姑娘给中国人。这门生意借助网络，打着“跨国婚介”的旗号，加上“只要三万八千块，包你娶到家，跑一个赔一个”这样的广告语，真是红极一时。

当然，就算人家不跑，这事儿也是有风险的。如果这个女孩儿没成年，如果这个女孩儿是被人贩子拐卖的，如果这个女孩儿突然跟警察叔叔说她是被逼的，那你新婚之夜进的可就不是洞房而是牢房了。

如果这几万块钱你仍觉得多的话，还有国家比这便宜。

比方说吉尔吉斯斯坦结婚很多都不靠钱，而靠抢。吉尔吉斯斯坦是一个男权社会。调查表明，在吉尔吉斯斯坦，全国大约三分之一的婚姻是通过绑架和强迫女性，违背其自身意愿促成的，每年大约有一万五千名女性成为求爱者绑架的目标。

绑架大致有两种形式：一种是本来俩人就是情侣，他们按照传统习俗自导自演一出“抢老婆”的闹剧，最终喜结良缘；另一种是男方在女方毫不知情的情况下精心策划的“绑架”，绑架到家里后，由家里比较年长的女性说服女孩答应这门婚事。一些家庭甚至会囚禁女孩几天以消磨她的意志，除非女孩坚决不从，抵死不嫁，才会放她走。这种结婚的成本很低，几乎为零。

当然，现在吉尔吉斯斯坦当局正试图打击日益严重的绑架妇女结婚的违法行为，毕竟都是文明社会了。不过大家不要灰心，有媒体采访过吉尔吉斯斯坦的女人，问她们最想嫁给哪里的男人。这些女孩儿都说想嫁中国男人，理由是，中国男人尊重老婆。何止是尊重啊！

你要是觉得这也贵，最好你结婚，人家还能给你钱，这种变态的想法其实也不是不能实现，可以去印度。

印度结婚的风俗是女方要准备一大笔钱作为彩礼送给男方。送的礼越多，女方在夫家的地位就越高。最夸张的是结婚那天，男方可以邀请亲朋好友来凑热闹，而参加婚礼的客人不必送礼，相反还可以拿到一个红包，当然都由女方送。这是我们中国男人不敢想象的。

印度人一旦生一个女儿，就要为女儿筹集一大笔钱；如果生一个儿子，那就是多了一个发财机会。于是这种重男轻女的习俗影响了印度人的生育观。有的父母第一胎生了一个女儿，心想亏了，得赚回来，再生一个；如果生下的又是女儿，那就努力生第三胎、第四胎，直到生了儿子才罢休。这就直接导致了一个结果，印度的人口将会在 2022 年赶超中国。虽然这事儿实在没什么可比的。

不过上帝还算公平，印度人要是离婚的话，那么对女方就有利了。女方可以提条件，要拿多少钱，男方就得给多少，决定权在女方。所以印度男人虽然大男子主义，但是非常怕老婆闹离婚，因为实在赔不起。

看了这些国家，再看看咱们国家的结婚成本。别的地儿不说，就说北京吧，买一个五环最最普通的房子，就算三万一平，八十平的两居室，加上万恶的中介费和契税，再小小装修一下，怎么也得二百六十万了。但现实是现在三万一平的房子在五环已经几乎绝迹了。再加上结婚摆酒席买婚戒首饰拍照片等等，乱七八糟的，全算下来，怎么也得三百万。车什么就不考虑了。如果男人每个月工资一万块，这相当于他不吃不喝不消费只挣钱，也要干二十五年，基本上是退休还完债。

这就告诉我们非常重要的一个道理，中国的婚姻为什么要比国外更加牢固？为什么中国人崇拜那种一生一世不离不弃的婚姻？原因很简单，花那么多钱娶到家，咋的不得过够了啊！

（由于这篇文章是 2015 年写的，数据现在看来有些不准，比如北京五环的房子，2017 年已经均价六万……）

2017.07.18

中国文化中最吉利的数字竟然是它

现在我们坐电梯经常可以看到，有的楼层是不标注出来的。比方说，四层，谐音不好，被我们认为是不吉利的数字，所以用3b来代替。很难想象，如果三这个数字不吉利那可怎么办？

除了楼层，你看我们选车牌号、手机号、门牌号，都不愿意选带“四”的，这个“四”真的就这么不吉利吗？

但是有另外一个现象，中国文化当中，带“四”的东西特别多。如：

四大名著：即《红楼梦》《水浒传》《西游记》《三国演义》。说实话，华夏历史五千年，好书无数，干吗非得说四大名著？你把《金瓶梅》加进去，五大名著不行吗？把“三言二拍”、《儒林外史》再加进去，七大名著不行吗？把《不吐槽不快乐：生活就是一场脱口秀》加进去，八大名著不行吗？！

四大国粹：即京剧，中医，武术，书法。你把麻将加进去五大国粹不行吗？再加上广场舞……

四大火炉：即重庆，福州，杭州，南昌。全国人民能有一半不服的，我们有足够的资本弄一中国百大火炉，你干吗只弄四个？

所以，你要研究一下这个现象就会发现一个惊人的结论，其实中国文化当中，最吉利的数字就是——四！

佛和道，是截然不同的两种信仰派别，但是都对“四”有着深刻的理解，这是构筑世间万物最基本的法则。老子《道德经》中的名言：“故道大，天大，地大，人亦大。域中有四大，而人居其一焉。人法地，地法天，天法道，道法自然。”而佛教认为，地、水、火、风四种物体都能保持各自的形态，不相紊乱，所以佛教称之为“四大种”。种，有生的意思。佛教认为一切物质都是四大所生。出家人讲四大皆空，就是了却尘世所有渊源。还有从人类最初对世界天圆地方的认识，认为天下四方，再加上最基本的盖房子的道理，四根柱子撑起一个楼房。所以，你会发现，中国形容在一个领域内极有代表性的，都是用“四”。

四大发明：造纸术、印刷术、指南针、火药。

四库全书：经、史、子、集。

四大美女：西施、王昭君、貂蝉、杨钰莹，呃，杨玉环。

四大民间传说：《牛郎织女》《孟姜女》《梁山伯与祝英台》《白蛇传》。

注：从这四个民间传说你就能发现，它们表达了古人的爱情观，真爱到最后都没什么好下场！

四大清官：包拯、狄仁杰、海瑞、刘墉。

四大名医：扁鹊、华佗、张仲景、李时珍。

春秋四君：齐国孟尝君、楚国春申君、赵国平原君、魏国信陵君。

四大天王：张学友、刘德华、黎明、郭富城。

四大名绣：苏绣、湘绣、粤绣、蜀绣。

国画四君子：梅、兰、竹、菊。

四大才艺：琴、棋、书、画。

花间四友：蝶、莺、燕、蜂。

四大韵文：汉赋、唐诗、宋词、元曲。

元曲四大家：关汉卿、白朴、马致远、郑光祖。

四大名剧：《桃花扇》《西厢记》《牡丹亭》《长生殿》。

四大名都：西安、洛阳、南京、北京。

四大名楼：黄鹤楼、岳阳楼、滕王阁、蓬莱阁。

四大名亭：醉翁亭、陶然亭、爱晚亭、湖心亭。

幽默，讽刺，英俊，有文化，合称STARMING脱口秀！爱咋咋的！

正所谓“天下，谓外及四海也”，这天下再大，大不过四方。四方所延，无非夷、蛮、戎、狄，超过了这个境界，那就是“太虚”。所以，“四”在中国传统文化中，就代表着天下，而不是简单地谐音死！

直到今天，“四”仍然在影响和规范着我们的生活。

古往今来，人们教育我们，人生有四大祸根：酒是穿肠毒药，色是刮骨钢刀，气是下山猛虎，钱是惹祸根苗。

成功人士也有四大护法：高人指点，贵人相助，神人保佑，小人监督。

人生还有四大喜事：久旱逢甘露，洞房花烛夜，金榜题名时，订到火车票。他乡遇故知已经不算了，弄不好还得请客。

还有社会四大不诚信：牛肉面没有牛肉，老婆饼不含老婆，海底捞不在海底，苹果店没有苹果。

在文化方面，我们有当代四大壁画：刻章，办证，开锁，助考。

在经济方面我国有四大消费主力人群：人到中年的成功人士，嫁入豪门的豪迈少妇，视娃如命的新晋父母，沉迷游戏的失足少年。

最后跟各位说一个跟生活有关的，谁还能不碰到点儿难事儿让人纠结。如果你的生活遇到问题，不管什么类型的，我告诉你人生简单粗暴的四大法则，所有问题迎刃而解，即：

不行就分！

喜欢就买！

多喝点水！

重启试试！

2016.07.07

给我心灵鸡汤，不如给我红烧鸡腿

这是一个充斥着心灵鸡汤的年代。我今天早上就翻了一小会儿朋友圈，到现在大拇指上还有一股鸡精味儿。

心灵鸡汤我们听了很久，但是这种文学形式到底是怎么来的呢？

“心灵鸡汤”最开始是一套系列丛书，是世界上最畅销的系列读物，作者叫杰克·坎菲尔德。这哥们儿本身的生活就很励志，作为一个美国人，他在大学学的专业你们绝对想象不到——中国历史，后来当上了老师。六七十年代，在美国大学教中国历史根本就不受人待见，别说美国，中国大学教中国历史的课有不少学生还逃课呢……

坎菲尔德的日子过得浑浑噩噩的，欠债十四万美元，每天靠面条度日。在四十五岁生日时，他用一张大纸，画了张一万美元大钞票，挂在墙上，盯着看。他可能比较熟知中国文化里“画饼充饥”的典故。画饼充饥没用，但是这个方式却激励了他。从那天开始，他决定做个励志书作家。书写好了，大约一百个小故事，都是能激发人的志气，让人有所作为、天天向上的。想到奶奶熬鸡汤给他治百病，于是取书名为《心灵鸡汤》。

谁也没想到，这四个字后来对世界的影响会如此之大。《心灵鸡汤》第一年就狂销八百万册。此后，他写了八十本《心灵鸡汤》，至今卖出八千五百万册，平均每本一百多万册。而且这哥们儿很有头脑，懂得因材施教，对症下药。他把这些励志故事都分门别类，如《给豆蔻年华的心灵鸡汤》《给为人父母的心灵鸡汤》《给爱宠物者的心灵鸡汤》《给高尔夫球玩家的心灵鸡汤》。

心灵鸡汤在一段时间里确实受人喜欢，其内容积极向上，看了以后让人热血沸腾，但是为什么这两年大家越来越不待见它了呢？

其实很大的原因是鸡汤变质了。有句话说得好，现如今，心灵鸡汤、成功学和管理学并称为人类社会的三大毒药。以前看完还会思考人生，现在看完，只想过完余生。

一帮成功人士，一边占着资本累积的好处，一边说着："啊，金钱并不重要！"所以，你知道你为什么只能喝汤吗？因为肉都让人家吃了。我们捧着心灵鸡汤充当精神信仰，人家造着心灵鸡腿满足着现实的肚皮。

还有一点非常重要，当年《心灵鸡汤》这本书之所以畅销，就是因为每个故事都是真实的。当时作者面向社会向广大人民群众约稿，他自己雇用了十几个编辑，分类整理。而且，每个说故事的人，都要签字保证真实性。然而现在的鸡汤，大多数都是乱举例子，胡编乱造。

我有一个美国朋友，曾经很吃惊地问我："为什么你们中国人总是喜欢用别人成功的例子来证明自己文章的正确性？难道失败者就没有可取之处吗？"这里面最大的漏洞就是：实际上我根本就没有这个美国朋友。

我之所以说我有一个美国朋友，而不是我有一个埃塞俄比亚朋友，只是为了显得我比较高端。我跟您说两个被胡编乱造的常见毒鸡汤吧。

"温水煮青蛙"，说的是把一只青蛙放进装有沸水的杯子里，青蛙会马上跳出来，但把它放在装有温水的杯子中，慢慢加热至水沸腾，青蛙就会因麻痹大意，最后变成水煮田鸡。这告诉我们一个鸡汤大道理，就是"生于忧患，死于安乐"。习惯的生活方式，也许对你最具威胁。

我觉得道理说得没错，但是不要拿青蛙的生命乱开玩笑，好吗？青蛙又不脑残，怎么可能被活活煮死？做这个实验的是美国动物学教授霍奇森。事实是，到了一定温度以后，青蛙会开始躁动不安，试图逃离这个环境。至于能不能跳出来，取决于这个容器壁有多高。

《鱼的记忆只有七秒》这个鸡汤文是这么写的：很久以前，听说过一个故事，鱼的记忆只有七秒，七秒之后它就不会记得曾经的事情了，所有的一切又都会变成崭新的开始。所以，在那一方小小的鱼缸里面，它永远都会兴致勃勃，永远都不会觉得无聊。有时候，我多么希望自己就是那条鱼，能够在七秒后遗忘所有。

这个鸡汤文掀起了大家关于记忆力的感慨，连王家卫的台词都被搬出来了。“人最大的烦恼，就是记性太好。如果什么都可以忘掉，以后的每一天将会是一个新的开始，那你说这有多开心。”

当时我看到这儿的时候，心想：确实不错，每天醒过来，旁边媳妇儿也都是新的。

但是科学家早在20世纪60年代就用金鱼做过电击实验，金鱼被电击后，好几天看到亮光都会躲着走。大家可以拿自家鱼试试，电死了就可以吃了。

所以，现在遍地鸡汤，但是却没有什么营养，人们怎么还会喜欢这些无聊的文字呢？当然，最后还要说说我们的长辈们，也是最爱转发鸡汤的群体。咱别管这鸡汤到底真不真，好不好，人哪，最重要的是去做。

现在有些人傻到什么程度，可以把性格寄予星座，努力交给鸡汤，情绪归于水逆，运势托付锦鲤，然后点根烟，淡淡地说：“从小听过很多大道理，但依然过不好一生。”

那么，我送你一则鸡汤吧：一白领突然对飞碟着了迷，坚持每晚仰着脖子观察星空寻找飞碟，结果一无所获。但是他仍然持之以恒，天天仰着脖子看飞碟，无论别人如何嘲笑都坚持不懈。最后他终于创造了奇迹。六个月后，虽然没有看到飞碟，但是他发现自己的颈椎病好了，脖子不疼了。

所以，任何事情不要只看只听，要去做。只要付出就会有回报，尽管结果和你想的不太一样。

最后说一句实话，很多人都说，其实看心灵鸡汤，真的不如听大铭脱口秀，更实在，更有道理。有人问了：“很多人都是谁啊？”“就是我。”

2016.08.12

你会感激到痛哭流涕的吃货秘籍

有人问什么是幸福，每个人的答案不一样。

对于吃货，幸福就是：勺子挖出的冰镇西瓜最中间的那一颗球；果冻一撕开包装你吸的第一口果汁；灌汤包内层最靠近肉馅部分吸满汤汁的包子皮儿；大棒骨里满满的骨髓，插上吸管用力一吸，骨髓和肉香同时充斥着你的口腔，即使再烫也是一种幸福！

幸福就是咸鸭蛋流出来的红油；是烤鸡翅外面那层饱蘸调料的脆皮；是配好酱汁大蒜生菜的五花肉；是冰镇啤酒第一口，一定是第一口，喝下去然后再反上来的幸福酒嗝儿。

幸福就是白菜最里面的菜心儿，一个字儿——甜；就是鱼脸颊那一小块的月牙肉，一个字儿——嫩；就是烤扇贝上面的蒜泥粉丝，一个字儿——鲜；就是羊肉串儿上面那一块烤得吱吱带响的肥肉，一个字儿——香！

幸福就是溏心蛋半生半熟的蛋黄；是方便面煮好的第一口浓汤；是牛排第一刀下去流淌出的浓郁而又原始的肉汁；是冰淇淋上面的尖儿，一口下去，你才懂得什么是夏天。

但是这还没完，美食秘籍如果只是知道什么好吃，那还远远不够。真

正的美食秘籍，应该以无法为有法，以无限为有限，用辩证哲学的思想高度，把不可能变成可能。我们都知道，人和人在一起，1+1 可以大于 2，食物更是如此。

接下来，这些简单到不能再简单的美味搭配，每一样都唾手可得，而你又知道多少呢？

你知不知道，玉米肠在微波炉里转一下会好吃 N 多倍；吃辣毛豆配雪碧是人间美味；达利园小面包配老干妈可以说是极品；咸鸭蛋蛋黄拌饭好吃到爆，你们有没有试过？

你知不知道，把西瓜切个盖儿然后放一把碎葡萄干进去，再盖好在冰箱里冰一个下午绝对好吃到脚后跟；青芒果不削皮切块蘸酱油才是吃货届的超级 CP（配对、搭档）；玻璃罐装的蜂蜜柚子茶要放新鲜柠檬切片一起喝才知道什么是巨好喝；还有 KFC（肯德基）的薯条你们到现在还蘸番茄酱那就 out（落伍）了，其实蘸 KFC 的甜筒才是真搭配！

你知不知道，用牛奶泡立顿红茶包，然后微波炉加热，口感好得秒杀一切；鸡蛋羹拌饭视觉效果虽然差点儿，但确实是人间美味；炒饭浇上碳烤生蚝上面的蒜汁儿，你的人生会得到升华；三加二饼干一般吃起来太干，但是你有没有试过蘸点儿豆腐乳，瞬间美到销魂！

也许你只知道鸭梨和大柿子冷冻别有风味，但是冷冻之后更好吃的水果多到你想不到：葡萄冷冻成硬的之后，皮儿好剥又好吃；香蕉冷冻之后就是最好吃的冰棍儿；荔枝剥掉一半的壳冷冻，好吃到你软掉；杨梅冷冻之后再吃，你才知道原来夏天是这么美好！

你知不知道，把紫薯切小块用牛奶煮烂搅一搅就是牛奶紫薯泥，如果不小心牛奶倒多了，那就是紫薯牛奶；椰汁倒到锅里去煮，倒上鸡蛋清，这是我在南方喝得最多的健康饮品，冬夜里来一杯让你这个冬天不再寒冷！

在冬天，把大橙子放进微波炉里转一分半钟，拿出来甜滋滋热乎乎好吃到泪奔；煮泡面的时候可以加个番茄，切碎放进去煮或者直接放适量的番茄酱，好吃到升天！

我们吃货的知识，靠的不是一肚子墨水，而是一肚子肥油。

最后说一句，吃货的最高境界永远是分享，吃独食的人永远不会快乐。

最幸福的吃货应该是这样的：当一个吃货对另一个吃货说我们一起去吃啥时，一种天然的默契就会像烟花一样在他们的头顶绽放。两双满含“口水”的眼睛闪闪发亮，对视着，只等另一个吃货兴奋地说：“听起来就很好吃呢。”这个时候，默契达到高潮，然后两人手拉手出门，场面的感人程度堪比婚礼。

所以，其实我们每天都可以很幸福。

普吉岛偶遇一只蜗牛，

一步一步向前，

虽然缓慢却从不停留，

再小的步伐，

也都是前进的。

它拍照的那一瞬间突然好纠结，

你说是红烧还是盐焗呢？

答案尽在
大铭脱口秀 20180326 期：
不会做饭的你
都是怎么
活过来的？

第三章

我与四任女搭档不得不说的故事

2017.03.01

都是姑娘，你养的那是啥

春天来了，万物生机盎然，就像朱自清先生描述的那样：“山朗润起来了，水涨起来了，太阳的脸红起来了。”所以说地球上最伟大的画家，不是达·芬奇和毕加索，而是春天。而春天最美好的，就是各种各样的花朵：“桃树，杏树，梨树，你不让我，我不让你，都开满了花赶趟儿。红的像火，粉的像霞，白的像雪。”

正所谓春花秋月何时了，他好我也好。从古至今，歌颂春花的诗句数不胜数，表达了诗人对宇宙奥秘的感叹和对生命灿烂的赞美。花有千百种，别的不说，就说这写桃花的诗句咱就数不过来。

白居易：人间四月芳菲尽，山寺桃花始盛开。

贾至：草色青青柳色黄，桃花历乱李花香。

杜甫：癫狂柳絮随风舞，轻薄桃花逐水流。

宋之问：洛阳城东桃李花，飞来飞去落谁家。

张志和：西塞山前白鹭飞，桃花流水鳜鱼肥。

崔护：人面不知何处去，桃花依旧笑春风。

张旭：桃花尽日随流水，洞在清溪何处边。

李白：桃花流水窅然去，别有天地非人间。

古人有古诗赞美春天，今人也有现代诗表达对春天的热爱。中国著名梨花体诗人赵丽华，就曾经写过一首脍炙人口的诗《摘桃子》：

诗人们相约去北京西郊摘桃子

问我去不去

我说要是研讨我就不去了

但摘桃子好玩

远胜过赏花

全诗言简意赅，意境深远，我不说结束，你会以为还没完。全诗看似简单实则深刻，每个词都有自己很深的寓意，“研讨”代表着世俗，“赏花”代表着风雅，而“摘桃子”代表着人类原始的洪荒之力，所以这首诗表达了诗人对世俗的不屑，对附庸风雅的不齿，真正向往的是人性本身的那种原始的野性与真实。这首诗，从文学的角度讲叫返璞归真。

不过话说回来，人还是得真实一点，爱花赏花画花写花都挺好，但是最好的，还是养花。好处太多了，客观上优化环境，主观上修身养性。

这个我真就不行，我天生养不了东西，养猫猫死，养狗狗亡，养金鱼从来不换水，导致我经常换鱼。周星驰跟张柏芝浪漫表白：“我养你啊！”张柏芝感动得痛哭流涕。可每次跟姑娘这样表白，被我表白的姑娘扭头就走，在她们看来，我说的“我养你”，跟“我 nèn 死你”没什么区别。

我要改变，不能再跟催命阎王似的。我找我一特别喜欢养花的同事，也是我的第一个搭档——女神伍珂，让她来教教我如何养花。

结果真的是不学不知道，养花的学问真的是太多了，不仅仅是品种习性的问题，今儿就说一简单的，就连在什么地方养什么花都特别有讲究。比方说大家伙儿的办公环境很枯燥、不通风，就可以用花卉植物来调节。

那办公室养什么花比较好呢？可以养绿萝，大叶小叶，土培水培都可以；吊兰、虎皮兰、常春藤，净化空气，去除甲醛；波士顿蕨，可以去味儿；生石花、虹之玉锦等多肉植物，赏心悦目，同时可以释放氧气，防辐射。

家里养的又不一样了，更讲究，每个房间都不一样。

卧室用仙人掌、仙人球、吊兰、玫瑰、郁金香、晚香玉、马蹄莲，易入睡，休息好。客厅要讲究，用富贵竹、蓬莱松、罗汉松、七叶莲、棕竹、发财树、君子兰、球兰、兰花、仙客来、柑橘、龙血树，吉祥如意，聚福发财。书房用山竹花、文竹、富贵竹、常青藤，有利学习。饭厅用黄玫瑰、黄康乃馨、黄素馨，以橘黄色为主，增加食欲。阳台，按阳光条件选配花草品种。

当时伍珂跟我说完，我非常钦佩："哎呀，你家房子真大啊……"

我家就一开间，进屋一张床，卧室、客厅、饭厅、书房和阳台都是一个地方，我怎么办？我还是很聪明的，我把所有的花都买了点，摆满了整个房间，没地儿下脚，然后我就躺在中间的床上。

你别说，还真的挺好使，看起来睡得特别安详……

那天我还跟大迪说："你看看人家女神伍珂，再看看你，你总得有点儿寄托吧。有人养儿养女，有人养猫养狗，有人养花养草，都得有点事儿干，你是不是也养点儿啥？"

"我养了啊！"

"你养啥了？"

她咔嚓把眼睛一闭，说道："我闭目养神。"

哎，都是姑娘，你养的那都是啥啊……

2016.05.27

“大铭”的由来

很多听众都问过我同样一个问题：“大铭，你姓大吗？”

百家姓里应该没有这姓儿，我到现在也没遇到谁姓大。中国最生僻的姓是“死”（详见我上一本书《不吐槽不快乐：生活就是一场脱口秀》里的《百家姓》一文，各大电子书城均有销售）。大，只是对我体形的描绘，其实我的姓恰恰和大相反，我姓孙，辈儿最小的。

我之所以叫“大铭”，有个小典故。我本名叫孙允铭，有人说我的名字当主持人不容易被别人记住，我很有同感，别说记不住，念都能念错。我生命中遇到的百分之二十的人念我的名字都把允念成了 rǔn。最过分的是我大学教官管我叫孙允许，估计他看到“允”字的瞬间忘了怎么念，必须组词才能叫出来……

所以我要改一个好记的播名。你看看主持界老一辈的大家：夏青，葛兰，方明，雅坤，铁城，红云，黄欢……这些老一辈主持人的名字都很响亮，好听好记。

那年好多人帮我取播名。我爷爷当时给我起个名，叫一凡，刚开始听挺不错的，后来就感觉不对了。一凡，听着像庙里的，叫这个名字会不会让我的播音像念经？还有粗鲁一点的，大胖、大宝等等，这些名字让我想起了宠物狗。

以前我在温州工作，按照南方的叫法，他们还让我叫阿铭。他们叫得特别自然，但是这个名字我听着就像是一个永远混不出头的小弟。

最终，帮我决定的是我大舅。我大舅是个知识分子，曾经是某权威报纸的主编。于是我把取名的重任交给了他，结果我亲爱的大舅经过两天的冥思苦想，想出了一个极其震撼的名字——大铭！说实话，虽然我实在不知道这个名字文化在哪儿了……

总之就是跟各位解释一下我名字的由来。小时候我还一度为自己的姓感到很骄傲，因为位置很靠前，赵钱孙李，我排第三个。结果前两年公安部根据姓氏的人口数量，从多到少，重新排出了一个百家姓：李王张刘、陈杨黄赵、周吴徐孙、朱马胡郭……我看完以后，更怀念以前的百家姓了。以前的起码容易上口，现在的百家姓跟生字表似的。

姓是一种传承和一个族群的骄傲。你看现在改名的很多，改姓的却很少。

觉得自己名字不好，算命的一说，改名的多了去，缺什么改什么嘛。缺木的，在名字里面加个木、树、林、森，缺水的弄个江、河、湖、海，以此类推。我有一同事叫孙钱，显而易见。

改姓的其实也有，但是一般都极为特殊，就算改，也顶多换用母亲的姓，换抚养人的姓，或者是历史特殊情况，爷爷跟爸爸不是一个姓儿。《我爱我家》里演的就是这样，老爷子傅明，其实原名叫贾敬贤，斗争时期做地下工作化名为傅明，后来就一直没改过来，所以他俩儿子一个叫贾志新，一个叫贾志国。这种情况改姓也有可能，认祖归宗。

但是前两天看那个新闻，我真的震撼到了。大渡口的徐先生和杨女士生下一儿子，全家都特别开心。杨女士拿着新生儿出生证明到当地派出所户籍窗口，为孩子办户口。结果民警发现，新生儿出生证明上面的姓儿，既不是父亲的徐，也不是母亲的杨，而是标新立异地姓林。

民警纳闷儿，问："你们家有姓林的吗？"这边儿说："没有啊！这孩子五行缺木，得补上啊，所以决定给孩子改一带木的姓。"她还说自己的孩子，想姓啥就姓啥。

说实话，这父母也真够奇葩的，缺木你不需要改姓啊，改名不就得了，可以叫"徐森森"，六个木呢！实在想改姓，你可以跟孩子妈一个姓啊，姓杨叫"杨森森"，集齐七个木都可以召唤神龙了。再说你多少也得为孩子考虑一下啊，孩子以后长大了，会不会怀疑人生，某一天他会不会去考察隔壁的叔叔姓不姓"林"？

姓是祖辈传给我们的一种标志和文化。名字可以是代号，但姓可不是，这是人类社会繁衍发展的一个见证。所以请尊重我们的姓氏，不要因为一个莫名其妙的原因就动摇要改姓。

我有个朋友姓付，是做项目的，最开始是做项目的第二负责人，别人叫他都跟口吃似的，叫他"付副负责人"。最后好不容易扶正当老总了，人家还叫他付总，人家也没想着改姓郑啊！

我还有一朋友喜欢打麻将，这是他全部的业余爱好，但是手气一般。我们说："可能你的姓不好，你不应该姓舒。"但是人家也没改姓赢啊！

最坚强的就是我了，我们那个老领导，称呼人的时候还是比较老派的作风，都是叫人家的姓儿加一个儿化音，如张儿啊，王儿啊，刘儿啊，赵儿啊，钱儿啊……每次叫我的时候，特别慈祥："孙儿，过来一下！"

你们知道我当时心里的阴影面积吗？但是我要改姓吗？并没有！因为我的觉悟非常高，这有什么可计较的，很正常嘛，领导本身就是爷啊！

孙

2015.04.27

理发师永远和我们不是一个次元的

说到发型，我估计很多朋友跟我有同样的经历。

上小学的时候最讨厌的就是剪短头发。当时家人认为，长头发的学生不像好学生，所以，小学六年我都是以平头示人。可我至今不知道为什么头发长得长就不像好人。

长大以后，曾经一直想留长发，毕竟我是一个文艺工作者，长头发就是艺术家的通行证，就好像戴眼镜是知识分子的通行证一样。由于多方阻力，我并没有留太长，一直保持80年代乡土偏分发型直到现在。

随着年龄的增长，我慢慢地成熟，觉得其实最好的发型还是短发，而且圆寸是检验帅哥的唯一标准。还有个最大的原因，本来我就胖，头发再又长又厚，这不就显得脑袋大嘛！

昨天去理发店，决定洗心革面从头做人，我要在成年后第一次理个寸头。我刚到理发店门口，店员齐刷刷地来了一个大鞠躬："贵宾早上好！"这时候迎上一个经理非常热情："帅哥，以前没见过你呀，你平常不来吗？我们这儿的老师手法都特别好，想找哪位啊？要不要给你介绍？"听完以后我浑身发毛，退出门看看，这确实是理发店，不是洗浴中心，怎么这么热情？我说我只是想理个发。

经理把我迎进去安排好位置，来了个理发师，上来就跟我报喜：“先生啊，我们今天刚好店庆，办卡理发有优惠哟！存一万打六折，存五千打七折，存一千也能打八折啊。”我想我平时两个月剪一次头发，一次四十块钱，一千块钱够我剪二十五次也就是四年的了，感觉是挺便宜。但是万一在中央台没混好，我被遣送返乡了，剩下的那些年怎么整？我数学不好你也不能忽悠我啊！所以我说：“我不办卡，我就剪一圆寸。”

理发师很开心地说：“好嘞，我先给您干洗一下啊。”正洗呢，理发师又说道：“哥们儿，你这发质有问题啊，太干了，头皮很多地方都不长头发了，要不给你做做保养吧！”

我问：“保养多少钱啊？”理发师特别随意地说：“不贵啊，三百，而且你可以买我们这儿的精油产品，回去自己也可以护理，加起来六百就够了。”

我说：“大哥，六百也太贵了！”理发师说：“不贵啊！今天我们刚好店庆做活动，帅哥你可以办卡啊。存一万打六折，存五千打七折，存一千也能打八折啊！”

“大哥咱能不说办卡打折的事儿吗？我就是想剪一圆寸！”我说。

理发师突然眼睛一亮：“哎呀，其实你这种脸型不太适合圆寸，本来就秃顶，圆寸更看不着头发了嘛！到时候理完显得脑袋更大！”

我一惊，说道：“师傅你终于说了句专业的话了，那你看我这脸型和头发适合什么样的发型呢？”

理发师说了：“我特别建议你烫一下，烫一下你这个头发立体感就出来了，而且特别好打理，平时自己抓抓就可以了。而且我们店今天刚好店庆做活动，帅哥你可以办卡啊。存一万打六折，存五千打七折，存一千也能打八折啊！”

我说：“你闭嘴！能不能不跟我提打折的事儿？！”

结果这哥们儿说："不打折也可以，我们还有张卡是可以返现的。存一万返四千，存五千返一千五，存一千还能返两百哪！"

我当时就怒了！我已剪短我的发，剪断了牵挂，可你却还要我办张卡。"你知不知道你这样强行推销的行为非常令人反感？把我整得又脸大又秃顶的，你知不知道让我很自卑？跟我说什么打折返现的，其实都是一回事儿，把我当傻小子呢！不要认为我跟你一样傻好吗？"

理发师一听我说他傻，他也不干了，剪子一扔，理直气壮地跟我说："先生，你反感归反感，但骂人是不对的。在我们店，只有会员才能骂人，所以你办张卡吧！我们刚好店庆做活动，存一万打六折，存五千打七折，存一千也能打八折啊！"

最后，我手里拿着一千块的会员卡出门了。但是为什么这家店，我再也不想来了呢？

为什么，从小到大，理发师都是我的心头之痛？他就好像跟我不是同一个次元的，永远无法理解我的意思！你说剪短点，他就贴着头皮剪；你说修一下，他就给你剪一半儿。我真心不知道理发师的度量单位到底属于哪个朝代。每次理发都是一次赌博，我就没赢过。剪之前，想换个发型；剪之后，想换个头。我一直想在理发店旁边开个帽子店，生意会不会超级火呢？

而且，我说我剪圆寸，你跟我提发质不好要护理；我说我只是剪短，你跟我提头发太少要烫头；我说我就修一修，你说我有白头发要染发；我说价格太高，你说你们店庆能办卡！我只想问："你们哪天不店庆啊！"

到底有没有一家理发店不絮絮叨叨让你办卡，不推销产品，不诱惑你烫染；装修正常，不让人产生进 KTV（卡拉 OK）的错觉；洗头的不非主流；发型师不娘炮，不自称老师，不叫 Andy、Tony、Eric，不穿紧身裤，不问你在哪儿上班，一个月拿多少钱；不要无知小妹瞎捏脖子，不要首席，不要设计师呢？我，只是普通剪短。我不想怀揣着寸头的理想进门，然后烫成卷发、染了黄毛，最后揣着五千元的会员卡出门！

总之一句话，比起盲人按摩，这个世界更需要的，应该是哑语理发。

关于我的大学生活些许回忆（十年前的日记大揭秘）

2007.07.08

（一）我的专业启蒙老师唐克

世界很小很小，吉大极大极大。

大学的时候我比较愤青，不太愿意和搞行政的老师接触，相反和专业老师们则走得很近。可以说我大学的时候什么课都没上过几次，但是专业小课绝对一次不落，因为一周也就那么一堂课。

但是，一堂课，一唐克。

一个平时成绩并不算好的学生怎样才能上吉大呢？没错，考播音吧。这就是我当时的想法，很龌龊但很实在。在此之前，我从来没想过我和这个职业会有什么联系。由于家庭的关系，唐老师成了我的考前辅导老师，也是我的启蒙老师。东北人办事第一地点肯定是在饭桌上，我就是在那里第一次看到他（不是菜），第一次声情并茂地朗诵了一条新闻。于是他点点头：“可以，我收了……”

唐老师有三大特点。第一个特点，秃顶。人本来不是很老，当时也就三十四五的样子，但是由于那农村包围城市的头发实在有些碍眼，所以怎么看怎么像五十的人。后来可能本人有所意识，来了个一了百了，全剃光了，登时精神焕发，春去春又回了，总之就是年轻了不少。后来他去了杭州。我再次见他的时候，他的笑声依然爽朗，头发却又回到了从前。我想可能是南方理发比较贵的缘故吧……

唐老师的第二个特点是我最佩服的，就是声音。他声音好到什么地步，不说他天生纯正的音色，就说他那后天练成的共鸣，已经到了很可怕的地步。他是我见过的唯一一个给一屋子人（五十六人）上课，但是整个屋子都跟着他声音震动的人。他的共鸣体已经超越了口腔、胸腔和腹腔，整个房间就是他的扩音器。我的声音可以很容易地让没有人的房间共振，但是要是坐满人的话，这个难度可想而知。我很庆幸他是我的第一个老师。第一次他就给了我一个很难企及的高度，让我有了追求的目标。我的声音算是很浑厚的那种，是那种演话剧不用麦克风的类型。由于经常演话剧，声音靠后，那个时候唐老师经常在我耳边提醒、纠正，让我声音提前。没有他，我现在根本就不能成为一个新闻播音员。唐老师的声音，将是我一生赶超的目标。

唐老师的第三个特点就是超级能喝。干我们这行有三种东西要少接触——烟、酒、辣椒。我本人十分喜欢吃辣椒。而唐老师烟一般，酒量却是十分惊人！他最惊人的不是一顿喝多少，而是一天喝多少顿。如果说我大一的时候不喝水只喝可乐，那么唐老师的啤酒就相当于我的可乐。他，无论什么饭，早饭、午饭、晚饭、夜宵、应酬、自己独食，大到山珍海味小到豆浆油条，必须有酒。对于他夫人王老师来说，就应该是巧妇难为无酒之炊。在大学的时候，中午陪老师去号称亚洲最大食堂的吉大大食堂吃饭，他吃得很少，只有两个包子，但是要配上两瓶啤酒，下午还有课。

我工作之后，有一次去杭州看老师，这就是一个最经典的事例。我们当时下午两点到杭州，老师来接，带我们去吃饭，饭间四瓶。四点吃完，又到他家狂聊。六点他家开饭，一桌盛宴，又喝数瓶（红白啤均有）。八点半，我们去接另一个女同学，她从上海来看老师。回来又喝，一直到一点半，我们几个喝得不行了，在老师家铺地而睡。结果早上七点的时候，老师跟周扒皮一样用闹钟弄醒我们，说吃早饭，一看豆浆油条，旁边赫然摆着数瓶啤酒。中午我们走，又是一顿送行饭……（此处不必再提，总之大脑一片空白。）在杭州二十四个小时，脸就没白过。

这就是我的唐老师，北广毕业，科班出身，性格却超级热情，骨子里有股傲气，是他让我走上了这个专业，也是在这个专业对我影响最大的人。虽然我们实际只相处了一年，但是我们都知道这份如亲人般的师徒缘分将伴随一生。唐老师早就不在吉大教课，但是如果有人问我，谁是对你影响最大的老师？毫无疑问，对我来说：就是唐克！没有之一。

（二）篮球场上不可能完成的任务

虽然打得不好，但是我喜欢篮球。我喜欢一切有对抗的比赛，力量、速度、高度，最重要的是意志。我们班的篮球队很一般，极其一般，没有力量、速度和高度，还好，我们有意志，于是我们创造了奇迹。

播音班在体育方面一直都遭人诟病。文学院每年都会有篮球比赛，播音班一直都是陪太子读书的角色，基本都是第一场直接被淘汰，而且毫无争议。本来嘛，和别的班比，我们男生少，而且大都是斯文人（哈哈），面对凶神恶煞的体育、新闻等系的球队是无法与之抗衡的。记得最有意思的一场比赛是一场瞎联系的友谊赛，也不知道谁脑筋搭错弦了，要和我们同届的体新“干”一场。于是在那阳光明媚的日子，我们遭遇到了人生最灰暗的时刻。没人记得那场比赛的比分，我们只知道输了将近一百分。从此我们只靠一句话作为人生的支撑：你要再跟我比打球，我就跟你比绕口令。

说到正式比赛，播音班以前都是两届合并组队的，要不人不够。但是事实证明这是徒劳的，无法赢一场的魔咒深深地困扰着我们，直到那一次大赛……

大三的时候，文学院组织了一年一度的院系杯比赛。由于上一届播音班不参加，所以我们班要自己组队。列出所有的男生，打球的一共五个，没有替补，但是我们毅然参赛。当时我作为队长（球技不是最好），去参加的抽签仪式。当我郑重地把签条抽出来的时候，奇迹发生了，上面居然写了个“吉”字！我刚要喊，旁边的人告诉我：“你拿反了。”逆时针旋转九十度，原来是 D4，就是 D 组的最后一支球队。但是这张 D4 的签确实有着非凡的魔力。这次院系杯赛上演了播音班的传奇。

第一场比赛，我记得是对大二新闻班。啦啦队人很多，但是没有我们班的；替补很多，也没有我们班的。我当时的感觉是五个人对抗全世界。

上半场比赛没有悬念，四比二十六，大比分落后。中场休息时，大家都明白，如果输掉，这就是最后一场在大学的正式比赛。这时我们想到了祖国……反正我也忘了到底是什么给了我们力量。下半场我们爆发了。大家一起努力追赶比分，拼命防下每一次对手的进攻。那场比赛，是一场完全没有技术含量的比赛。大家看到的就是五个被压迫已久、被拖欠工资的农民工疯狂地讨债。当比赛结束的哨声响起时，历史定格在那一刻，三十二比三十，我们赢了！全场如鸟兽散，只有我们五个还在原地激烈地讨论谁的功劳大一些。

第二场比赛是对战大一播音班，这是一场我不愿意回忆的比赛。我们虽然赢了，但是没有得到师弟师妹们起码的尊重。我想他们是太想赢了，可以理解。可我想跟他们说："这个世界，输，往往比赢得到的更多……"

第三场比赛对战的是大一体育新闻班，一群体育特招生，实力没法比。虽然我们年龄大，但是身体素质远远不如他们。作为队长，我义无反顾地要盯防那个最强的人，一米八八，篮球特招生。奇迹，第二次光临了。

上半场比赛，我们打起了防守战，而我则是完全放弃了进攻，对他寸步不离。半场结束后的比分可能是吉大历史上最怪异的比分——十二比二，我们领先。最终，凭借在上半场的巨大优势，我们以二十八比二十二战胜了体育新闻班。那个篮球特招生一分没得，惨。后来我在那场比赛时的防守被同伴叫作魔鬼防守。那是不可复制的一场比赛，那是不可复制的一种意志的坚持。

你相信吗？我们进决赛了。决赛：01 播音 VS 02 体新。

01 体新没有参加比赛，因为他们在大连；02 体新的强，对我们来说同样遥不可及，他们是唯一有能力和 01 体新抗衡的人。那场比赛我们输了，五十五比三十五，输得很淡然。因为我们知道，我们已经完成了不可能完成的任务。

其实，决赛的最后胜利者是我们。我们的胜利并不是要赢比赛，也不是所谓的突破自己，更不是创造纪录，而是在最后一场比赛当中，在最终决战当中，我们从看台上拥挤的人群中，看到了我们熟悉的身影——播音班的啦啦队，那是她们第一次来为我们加油。值了。

毕业的时候，我们五个人照了张合影，历史的一页就此过去。

2007.11.11

（三）紫焰戏剧社

紫焰，是吉林大学最好的戏剧社，隶属文学院，在吉林大学一百六十多个社团当中，排名第三位，仅次于两个政治学习类的社团，在同类当中排名第一。

记得我第一次看紫焰的戏，是在大一的迎新晚会上。当时他们排了一个二十多分钟的小品《大话窦娥》。演出的都是我的同学，原来他们在刚上大一时就参加了紫焰的纳新活动，而我一向属于后知后觉的类型，就没有去掺和。《大话窦娥》是一个纯搞笑的喜剧小品，我已经不记得具体内容，但是其中的表演手法真的是天马行空，很多节奏和效果的处理让人拍案叫绝。说实话，这个小品比现在很多春晚级的小品好太多。整个晚会最出彩的就是这个节目，平均每十秒钟就可以看到观众狂笑不止，能容纳五千人的吉大体育馆那天沸腾了。

其实最令我惊讶的不是小品的创意，而是同学们的表演出奇地专业。张驴的奸诈、县官的贪婪被他们演得淋漓尽致。这一方面和我们所学的主持专业或多或少有一些关系，而另一方面也源于紫焰深厚的戏剧底蕴和优良的表演传统。我后来去看过另一个戏剧社排演的《围城》，他们基本就是角色站成一排背台词，没有走台，没有交流，没有层次感。其实大家对作品的理解都差不多，但是在表演方面却差太多。

我看的紫焰的第二部戏是在迎新晚会不久，校内举行的一个情景剧大赛上。紫焰的这部戏更是让我耳目一新。这个小品没有台词，没有演员，只有影子。原来，他们在舞台前挡了一面巨大的白布，利用灯光效果，营造出用影子来演戏的效果。只用影子演戏，是对肢体语言的考验，动作要简练到位，还要夸张有力，这对演员们的确是一个很大的考验，也给了观众们一种全新的感觉。最后这部以环保为主题的小品获得了第一名。好像在我印象当中，紫焰就没有得过第二。

我的《家》

紫焰有一个传统，就是每个学期都会排一部重头大戏。所谓大戏，顾名思义，就是很大的戏，像《雷雨》《日出》这样的经典戏剧。如果说排小品是为了迎合晚会和比赛，那么大戏就是紫焰戏剧社最崇高的戏剧艺术追求。每年紫焰一推出学期大戏，整个文学院的学生甚至其他学院的学生都会争相观看。座位没了就站着，而很多时候是连站着的地方也被人抢光了……

那一年，紫焰决定排演的戏剧是《家》，巴金的作品。

我已经错过了紫焰的两次招募机会，这一次，我决定去试一试。于是我参加了《家》的演员招募，并且非常荣幸地被选中出演男一号——高觉新。招募的过程早已忘记，只记得负责组织的师哥师姐让我上台试戏，只记得和我演对手戏的是同班一对双胞胎中的妹妹，只记得她很漂亮，只记得她现在已经嫁人了……

从此，我正式成为紫焰的一员，开始了我的戏剧之旅。

《家》是一部充满矛盾的戏。这中间，有在同一家庭当中封建思想和先进思想的矛盾；有爱亦难不爱亦难的矛盾；有求不得爱别离的矛盾；有身份地位的矛盾；还有抗争与无奈的矛盾。在矛盾中，角色的各自人生，各自精彩。

而我所演的角色——高觉新，则是一个超级的矛盾综合体，一个很憋屈的角色。在身份上，他是封建大家庭的长子长孙，是未来整个家庭的继任者，要维护封建家庭的利益和尊严。但是，他对二弟三弟的先进思想和从事的反封建斗争又抱着同情和支持的态度。在感情上，他真正爱的是梅表妹，却由于家庭的原因，不得不迎娶老太爷给自己指定的媳妇瑞珏。这个人生性柔弱怯懦，习惯委曲求全，所以活得特别累。

我感触最深的还是这个角色的感情线，复杂且充满回味。他和梅表妹青梅竹马，有情有义，而和老太爷指定的妻子人选瑞珏却相当陌生，没有任何感情基础和共同语言。由于他的性格，由于封建束缚，他在偷偷大哭一场后，还是迎娶瑞珏进门，而梅表妹则远走他乡。瑞珏是一个典型的好妻子，善良、贤惠。她对高觉新悉心照顾，虽然感觉到丈夫的心不在这里，也默默承受着。在后来的生活当中，瑞珏的善良也渐渐打动了觉新。那么到最后，高觉新有没有爱上瑞珏呢？

我印象最深刻的一场戏，就是最后一幕。老太爷死后，正好赶上瑞珏生产，陈姨太无端以“血光之灾”为由，不许瑞珏在家里生小孩。觉新百般无奈，但还是接受了，将瑞珏送到城外荒郊的茅屋中，结果瑞珏因难产而死。她临死前，看到赶来的觉新，心里惦念的还是觉新的冷暖。瑞珏在觉新的怀中死去，整部戏到了最高潮，因为所有的台词只剩下一个字，那就是觉新撕心裂肺所喊出的名字：“珏。”

当她在他怀里的时候，他是爱她的吗？我不知道。因为我的感觉只有痛苦、内疚和无奈。

这部戏演出得相当成功，当大幕落下，掌声经久不息。而我在后台还在抱着那个“珏”没有放开，似乎是在替高觉新弥补些许遗憾，但是那个女演员不干了……

我们在排练和演出的时候，还有很多有意思的故事。比如平时排练谁迟到就罚谁请大家吃冰糕，还有排练时无数次没有注意素质的笑场。有一次排我和梅表妹再次见面的戏，那场戏本来特别幽怨，可能是我们两个演员实在太熟了，每次只要对视就必然狂笑，最后被导演冰姐拉出去单练。

想念冰姐、想念何健、想念张帆、想念国锋、想念张亮……想念《家》的每一个成员，还非常想念那句：晚上六点半行政楼一楼排戏，所有演员不许迟到。

再战《风雨保尔·柯察金》

到了大一下学期，紫焰推出了另一部大戏《风雨保尔·柯察金》，孟京辉的作品，典型的实验戏剧。

什么是实验戏剧？具体地说，在中国，先锋派戏剧、荒诞派戏剧和布莱希特的叙事剧被视为实验戏剧。这些颇具另类色彩的戏剧流派因其激进的姿态也被统称作“先锋派戏剧”。

简单点说，就是“谁看谁先疯”！因为在舞台上，没有传统表演方式的束缚，一个凳子，你说它是什么就是什么，一切表演夸张而富有感染力。有时演员已经变成了一个符号，剧情的逻辑性和跳跃性超乎想象。《风雨保尔·柯察金》就是这样的一部戏剧。

我在这部戏里演的就是一个符号——雨。我时而变成歌者，时而变成坏蛋维克多，时而变成愤怒的群众，时而只是一声叹息。

这部戏从另一个角度讲述了保尔的思想状态，在这里就不跟大家具体说明了，主要是怕你疯。总之这部戏是我们的一个尝试之作。之前大家都没有接触过先锋戏剧，对此都感到很兴奋，因为在舞台上没有任何束缚，你可以随意发挥。每个场景都可以脱离剧本自己设计，我们第一幕刚出场就极其震撼。在还没有拉幕的时候，“风”和“雨”两个人突然从观众席当中站起，相互对答，然后突然上台，把幕布狠狠扯开，于是观众眼前出现的就是刺眼的灯光和十几个人呈锥形的排列，锥尖指向观众，其中一人

高高在上，钟声响起，大戏开始……

这部戏我们一共演了四场，场场爆满，反响极好。

我记得，最后一场我最惨。最后一场的最后一个动作，就是所有人同时把铁锹狠狠往地上一杵，结果我的锹上有一根巨长的钢钉，正好贯穿了我的小手指，紧贴着骨头。当时我很镇定，若无其事地拔掉，然后在最后谢幕介绍演员的时候失血晕倒了。我被送到医院，清创打针。回去正好，庆功宴上的菜已经上齐了。

（四）走过的路，看过的人

有一年的时间没有回吉林大学了。那里承载着我关于青春的回忆，关于悲喜的注解。这次回家，我又走进了校园，看看过的人，走走过的路。

飞刀，又见飞刀！

吉林大学篮球场有一个宝场。为什么是宝场？原因很奇怪，每次打球时，只有这个场地有无数观众围观。刚开始我们给出的解释是这里高手云集，但是当有一天我们在这个场地上乱投的时候，发现居然也有无数人围观，这个就难以解释了，也许这个场地就是这么神奇。而这次回来，我发现，宝场依旧！

最让我兴奋的是，我在球场上看到了一个熟悉的身影——“准王”。很少有人知道“准王”的名字，只知道他是博士生，很准。当他出手投篮的时候，即使你在下面捅他三刀，他依然会把球投进。这个人曾经是我们播音超级三人组的梦魇。我、G、盖帽张，我们三个从不惧怕任何对手。因为我们有身高，有力量，速度也不差，就算遇到很强的体育学院的对手，也能勉强应付两下。但是对于这个人，我们毫无还手之力。在一次对抗当中，他只要接球就投，只要投就能进，别说两个人上去防，就算把手按到他脸上，甚至按到球上都没有用，于是我们称他为“准王”。直到毕业，这个人还经常被我们提起，提起就是惆怅无奈。

但是，这次我又看到了他，吨位依旧，出手依旧。（难道博士生也会留级？）只要他出手，你就可以闭起眼睛享受球与球网摩擦发出的“唰”的一声，以及对手无奈的摇头声（颈椎有病）。

“准王”在投进一球后，似乎看到了在场边围观的我。他盯了我半天，我也把目光迎过去，突然他眼睛一亮，好像想起了什么，然后轻蔑地一笑……

“我们的未来不是梦”

吉林大学有一个号称亚洲第一大的食堂，一共三层，据说可以供一万人同时就餐，于是我们亲切地称呼它为“大食堂”。为了显得有点文化底蕴，也有人叫它“莘子园”。我在上大学的时候平时很少到食堂吃饭，但是我依然知道，这个食堂最好吃的就是南烧茄子。

这个食堂在饭点儿的时候是食堂，平时还可以在这里上自习，要是你脸大不害臊的话，还可以在这里打情骂俏。不过这里还有一个职能，就是平民会议室。在整个大食堂，桌子基本都是四人座的，但是却有两个是不一样的环形桌，可以坐十来个人。有时，这里就成了各个社团内部班子成员开会、商讨近期活动的地方。在紫焰戏剧社时，我们也曾经到这儿开会。这里开会最大的好处就是不愁会议期间没有吃的。

这次我回来，找了食堂的一个角落坐了下来，看着进进出出的人，听着饭碗筷子扔进回收桶里的声音，回忆成了我莫大的享受。在我旁边的环形桌子周围，依旧聚集着不知名的社团成员，他们在商讨什么，或激烈，或轻松。有人提出意见，有人安静聆听，有人拿笔记录，这不就是当年的我们吗？忽然，他们一起站了起来，干了一件我们没有干过的事，只见他们把手放到一起，大喊："我们的未来不是梦！"

星空下的连体人

播音班有个特点，就是经常会去大操场练声，所以大操场也是让我记忆深刻的地方。晚上九点，月朗星疏，我来到了这里，却发现，我成了多余的人。本来我是要到看台上，寻找我曾经练声的地方。看台虽然只有一侧，但是很大，可以容纳几千人。这天晚上，看台上只有十几个人，而我却无从下脚。 因为他们是星空下的连体人。

看台上这十几个人，两两一对，按等距原则排列，他们上下左右距离完全一样，而且整体美感很强。无论你站在哪儿，对这幅画面都是一种破坏。而且这些男女，黏在一起，我估计你也不好意思往人家旁边站。

我趁着夜色，仔细观察了一下。这帮学生可能是平时憋坏了，搂抱姿势尽其所能，每对都不一样，而且平均每五分钟变换一次姿势。有的姿势，你光看月下剪影是无法分辨哪个是手哪个是脚，或者哪个是他的手，哪个是她的脚，身体结合程度达到百分之九十。完美的环境温床诞生了完美的连体组合。我强烈建议搞雕塑的学生们一定要到这里来寻找灵感。

算了，既然黑暗是他们的专属，那我就不掺和了，我到操场中间去还不行嘛！这个人工草皮的大操场记载着我的军训，我的吉大电视台处女作，我的零比七，我的……

我正在操场中间徘徊的时候，耳边一男一女的声音骤起："长没长眼睛！没看这躺着人吗？！还踩！"

我与四任女搭档不得不说的故事

最近忙着为节目寻找新的女搭档，是的，我又被搭档抛弃了。

我记得听众曾经说过一句话形容《快乐早点到》，他说：“铁打的大铭，流水的女主持。”当时看起来只是一句玩笑，没想到一语成谶。在这期间，我的第一任搭档伍珂，第二任搭档乔乔，第三任搭档黄欢，第四任搭档蕊希，纷纷离我而去。留下的，只有她们的音容笑貌。

2013 年初到央广，看见我的搭档伍珂，一个陕西妹子，自带书卷气，亭亭玉立。第一次见面时，我拿出早就准备好的礼物——一盒含片，要给她一个惊喜。当时，我先含情脉脉地对着她说出了那个含片的著名广告词：“想知道清嘴的味道吗？”结果可悲的是，我忘了把含片放哪儿了……于是伍珂一度认为我的人品有问题。

后来她仍然不嫌弃地成了我在中央台的启蒙老师，领我熟悉了各种环境。尤其跟一个新人搭档，她也承担着很大的风险，因为在我们台有个规矩，新人出错，老人罚钱。这可能就是后来她不干了的原因吧……

我记得她离开我的时候，跟我说：“大铭，其实你挺好的。但是我更喜欢一个人主持节目的感觉，那样更自由。”我含着眼泪，点头表示理解。后来她开心地跟刘乐在一起主持起了《快乐晚高峰》。

伍珂

我的第二任搭档是乔乔，一个英姿飒爽、威武雄壮的东北女孩儿，在她的身边总会有一种难得的安全感。大家对乔乔记忆最深刻的就是那一串杠铃般的笑声，“哈哈哈哈哈哈哈”。这一度让我觉得我俩的节目，我负责说话，她负责配音效。

“欢迎各位来到今天的《快乐早点到》，我是大铭。”

“哈哈哈哈哈哈哈，我是乔乔。”

“我们来关注一下路况，长安街又堵了。”

“哈哈哈哈哈哈哈，是啊！”

乔乔

其实跟乔乔在一起主持是很开心的，因为她的爽朗会让你觉得特别没有压力。相处久了，她竟然也给了我一种眉清目秀的感觉。直到有一天，她跟我说她不做早间节目了，我问什么原因。

她说："因为我找到老公了，哈哈哈哈哈哈哈哈哈。"

…………

接下来您就知道，黄欢登场了。作为年纪比较大，嗯，应该是经验丰富的女主持，她见多识广，大方得体，不算外形条件的话，其实她还算是个美女。最重要的是，她懂我。红颜知己，她起码够得上后面俩字。

我还记得和黄欢第一次说话的情景。当时我们的办公室还在央广的地下一层，她每天都要录一些娱乐新闻，而我没有固定的办公桌打着游击。那天晚上，她未走，我未归。办公室里我开了一瓶红酒，问谁要，而她自然地举起了杯。于是，不羁的我和嫣然的她，就这么相遇了。这为后来的合作奠定了一个感情基础。所以，注定她就是跟我合拍的那个人。

但，这个世界令人唏嘘感慨的就是，所有美好的东西，看起来都很短暂。后来欢欢还是离开了节目组，理由是繁殖人类，这个理由我无法拒绝。

再后来，就是小妹妹蕊希，年龄青春无敌，颜值也是四个女人当中最高的，我很欣慰，领导终于派了一个看起来跟我更搭的女主持了。

任何人接手别人的工作难免会被拿来跟前任比较，于是初出茅庐的蕊希就会经常被拿来和她的前任比较。（那能比嘛，一个是青苹果，一个是老油条。）但是蕊希同学还是顶住了压力，让自己越来越好。

而就在这个青苹果马上就要成熟变成红苹果的时候，她告诉我，世界那么大，她想去看看。这种悲哀的感觉只有建筑工地盖房子的兄弟们才能理解，我们好不容易盖起一栋房子，结果还不让我们住。

黄欢

蕊希

那也没办法，蕊希同学还小，属于她的未来还很多，她可以任意追求，让我们祝福她一切顺利，越飞越高。

所以，现在，我仍然在寻找属于我（们节目）的那个她。同时，感谢央广，让我能有机会和这么多优秀的主持人合作，学习。我依然相信，以后会很美好。

一年又一年，我们留不住时间，也留不住身边的人。即使那些你以为会永远美好，一辈子幸福的，也可能转瞬即逝。那又怎样？她已经给了我最难忘的记忆，光阴记录着曾经，随时回头，她一直都在，从未离开。

忽然后记

和每个人一样，央广曾经是我少年时最终极的梦，能来到这里跟一群能人甚至是曾经的榜样一起工作，很梦幻。我也以此为骄傲，但是这种骄傲有时并不现实。

比方说我回爷爷奶奶家，很多老人问我在哪儿工作，我骄傲地说：“中央人民广播电台！”他们特别兴奋：“哦！你就是那个说评书的啊！”我多想告诉他，央广也有其他节目。

比方说我回老家，很多同辈人问我在哪儿工作，我骄傲地说：“中央人民广播电台！”他们好奇地问：“几点的节目，我也听听。”我多想告诉他，不是每个频率都是中国之声。

比方说我跟后进晚辈分享经验，学生们问我在哪儿工作，我骄傲地说：“中央人民广播电台！”学生们说：“哦，电台啊……”注意后面两字的语调已经低到砸到了我的脚面。

没错，央广是一个梦想的殿堂，是无数前辈用努力和汗水换来的辉煌。而这份辉煌如今也给了我们这些后辈巨大的压力。像我这么年轻的人儿哟，要放下过去的成绩，在这样一个声音混杂、互搏眼球的今天，用自己的努力，续写篇章，告诉所有人，央广还是央广！Your uncle always your uncle！

忽然多出个后记：

事情最新的进展是，我已经找到了我的女搭档——大迪，辽宁人，来自四川台，是一个高挑清秀、能歌善舞、参加过中国好声音、开朗直爽的妹子。最吸引人的是她的声音，听起来可靠、踏实。

每天早上七点到九点，调频 FM106.6 文艺之声，让我们陪你一起，快乐早点到。

大迪

第四章 不吐不快

2015.10.15

北京的地名儿太奇葩

作为一个走过南闯过北的主持人，在节目当中跟大家分享一些人生经历，其实是一件特别幸福的事儿。我相信收音机前也有经常出去游历的朋友，所以说到你见过的最奇怪的地名、路名的话题，大家肯定会有共鸣。

我遇到比较奇葩的是在南京。有一次我去南京玩儿，目的地找不到了，于是向旁边的人问路："哥们儿，这是什么路？"那哥们儿说："这是神马路。""……是我问你啊，这是什么路？"那哥们儿不耐烦了，说道："这就是神马路！"

其实这还不是南京最奇葩的路名，最奇葩的是一个巷子，叫作“泥马巷”。这个看起来很粗鲁的名字其实来历还非常高大上。据南宋辛弃疾的《南渡录》记载，有一次宋高宗南渡避难，危急时刻骑马渡江，躲过一劫。刚过了江，他发现马不动了，仔细一看，刚才驮他过江的居然是庙里泥塑的马。宋高宗认为是神灵在帮助自己，于是在当上皇帝后，将此地命名为“泥马巷”。但是他可能没有料到，八百年后的今天，“泥马”这个词儿听着是有多别扭。

还有杭州，我在浙江工作的时候经常去。杭州的地名都是很有文化的，因为文人特别多，但是也有一些地名让你根本不知道啥意思。大家去灵隐寺的话，可以留意一下。公交站牌上，灵隐寺的上一站，叫“立马回头”，最开始我以为是交通提醒，说灵隐寺人太多，让你立马回头，别去了。后来才知道，这是条山路，当年乾隆总到这儿来溜达。之前路况不好，后来村民把这路给重修了。乾隆骑着马，回头看着这条路很高兴。原来是这么个“立马回头”。

广东乐昌的三条路跟公主有关系：一条叫“公主下路”，一条叫“公主中路”，最奇葩的第三条来了，没错，就叫“公主上路”。听起来总有种悲剧感。

中国地大物博，我自己走的地方还是太少，这个主要跟我们台不放假有关系。但是细心总结起来，你会发现中国的地名、路名太有意思了。

带“水”的地方特别多，多到基本各种温度的水已经凑齐了。四川广元有个“凉水镇”，贵州遵义有个“温水镇”，云南宣威还有个“热水镇”。现在好像就缺个中水了……

还有的地名跟打麻将有关系。江苏徐州有“东风村”，陕西镇安有“西风村”，湖南娄底有“南风村”，广东肇庆有“北风村”，辽宁沈阳有“红中村”，广西梧州有“白板村”，吉林延边有“发财村”，最猛的是湖北黄冈直接有个“胡牌村”。

回头说北京。

北京作为首都，奇葩地名应该是我见过最多的了。有一次坐出租车，我就跟司机说起北京的这些地名真好听，复兴门、德胜门、和平里、安河桥等，直接就能感受到文化底蕴。结果那司机说："一看你就是新来的，你听过造甲村吗？听过郑常庄吗？听过骚子营吗？听过营慧寺吗？听过珠窝村吗？还有一些简单到不能再简单的地名，如：三间房，四根旗杆，五棵松，六里屯，七棵树，八棵杨。还有听起来就特恐怖的地名——太平庄。最阴森的还有用坟头儿命名的八王坟、公主坟、铁狮子坟。对了，说了这么多，我还忘问了，小伙子你去哪儿啊？"

于是我特别不好意思地说："师父，我去小西天。"

我今天做这期节目，还特意查了一下北京的地名。不看不知道，一看吓一跳。北京这地名，已经把数字都包圆儿了：一、二、三、四、五、六、七、八、九、十、百、千、万，无所不包，有两百来个。

你看：

"一"有一亩园、一棵松、一间楼、一顷庄。

"二"有东城的二里庄、西城的二龙路、海淀的二里沟、朝阳的二道沟、丰台的二甲地。

"三"打头的比较多，有三福巷、三合里、三庙街、三井胡同、三富胡同、三义庙、三才堂、三星庄、三虎桥、三岔河、三间房、三丰胡同、三台山，三顺庄、三路居、三营门，还有满地潮人的三里屯。

"四"有四道湾、四井胡同、四道口、四公村、四路居。

"五"有五道营胡同、五四大街、五福里、五棵松。

"六"有六郎庄、六王村、六里桥、六营门。

"七"有七贤巷、七圣庙、七棵树、七里庄。

“八”有八宝坑、八步口、八宝胡同、八道湾。

“九”有九湾胡同、九亩地、九龙山、九孔闸。

“十”有十字坡、十方院、十里堡、十里河。

“百”打头的有百花深处、百子湾。

“千”打头的有东城千福巷、西城千竿胡同。

“万”打头的有万寿里、万福巷、万寿路、万泉河。

唉，在北京生活不识数，真的活不下去啊！

北京历史悠久，几乎每条路都有自己的故事，有的就很奇葩。比如我们台门口的这条“礼士路”，据说以前不叫礼士路，叫 “驴市路”。以前没车啊，这个地方是专供行人租驴骑的。直到解放后，在调整地名时，这地方不租驴了，而且名字也不太文雅，所以就改成“礼士路”了。

不过说到不文雅，北京有一个地方的名字应该最不文雅。北京的兄弟姐妹们肯定猜到了，就是“奶子房”。当我第一次听到这个名字时，节操瞬间碎了一地，捡都捡不起来。

后来了解了一下相关历史才知道，据说辽金时期那儿有个养马场。蒙古人爱喝马奶酒，所以这个养马场也就养着大量产奶的母马。后来这里慢慢地发展成了一个村庄，叫“马奶子房”。再后来，为了省事儿，直接改名叫“奶子房”了。我就不明白了，你们为什么一定要省最关键的字？这个很容易引起误会，所以我建议，把“马”留着，把奶去掉不就得了，叫“马子房”！嗯，好像也不太好啊！

2015.08.13

北京人也北漂

这人哪，平时就四件大事儿，衣食住行。这四件里面，衣食行都是自己可以把握的。吃什么，穿什么，去哪儿，你都自己说了算，只要别太变态就行。只有“住”不是。你住哪儿，住多大，住多好，这个可真是身不由己了。

我们台里的同事就特别有代表性。我们一领导，家住通州，上班在西二环。为了上班儿方便，硬是又在我们台旁边租了一间房子，一个北京人反倒还过起了北漂生活。

还有一个同事跟他恰恰相反，家住二环，已经令人无比羡慕了，却在北五环花了一万来块租了个房子，天天上下班需要三个小时，你说这得多有病！人家也没办法，孩子在那边上国际学校，一切都为了孩子，这叫“学租房”。像这样的还真不少，虎妈虎爸们直接推高了市场租房价格。

北京本地人尚且如此，更何况我们外地的兄弟姐妹呢？

我的搭档欢欢同学，租房子住。上班的过程也是北京一日游。

我们小编宫伟同学更惨，不仅租房子，而且还是地下室。昨天咱们报了一个新闻，说北京为了推动人防工程，有个别管理人员用熏蟑螂的药熏地下租户。宫伟就无比气愤。我问他为什么不到地上来，他告诉我，那些大明星北漂的时候都是住地下室的。那个语气和眼神就好像住了地下室就能成明星一样。

每年像这样带着无限希望来到北上广的学生不计其数，在谈论梦想之前，房租成了现实给他们的第一道伤疤。

一项调查显示，北上广等地应届毕业生租房的花费已经超过了收入的百分之五十。而北京的应届毕业生一次性支付的租金为月工资的二点五倍。房租成为他们的“不可承受之重”。

这儿有个数据，2015 年 90 后应届毕业生平均签约薪资为两千六百八十七元，而北京单人租房成本是一千三百三十八元，刚好百分之五十。虽然我真的不知道一千三百块能租哪儿，尤其北京在打击群租，整理地下。可能这个价格以后也不会再有了。

别跟我们扯廉租房，那比我买房子还不靠谱。

分析人士表示，刚刚踏入社会的毕业生往往没有存款，吸纳毕业生占比超百分之七十的私营企业，工资结算一般都在月末或者第二个月月初，这样一来应届毕业生一旦毕业就面临着入不敷出的窘境。所以，你们真的做好来北京的准备了吗？

在一个陌生的城市租房，那种感受我太懂了。我在外漂了十年，也曾经被当作小公众人物捧过。每当我陶醉在鲜花掌声里结束了各种高大上的活动，回头走在寒冷的夜色里时，看着周围无数小区万家灯火，却没有一个属于我自己的安乐小窝，于是心底无限悲凉。再看看那边无数豪华小区，没有灯火，一片一片的，没人住，我的心里更悲凉了。

我以前刚工作的时候收入也不多，合租是最现实的。为了能调节一下生活，我还想到了异性合租。这样每天回家心情还能好点。

结果被一前辈阻止了。他告诉了我他的悲惨经历。半年前，他就和一女生合租了一套两居室。除了房租水电费平摊，合同还附加了以下内容：一、男的负责做饭，女的负责刷碗；二、女的负责帮洗衣服，男的让她搭顺风车上班；三、赶上一方父母为儿女之事逼宫，则另一方需无条件充当情侣角色。

而最后的结果是，两个人入戏太深无法自拔，最后假戏真唱。现在的情况就是，第三条已作废，第一条、第二条自动改为由男的做饭、刷碗、洗衣，还负责送女的上下班。

听了前辈的话，我还是跟几个哥们儿合租了。

你要知道跟人合租最大的困难，不是说你带女朋友回去不方便，这个根本就没考虑过；最大的困难是几个人都来自天南海北，生活方式完全不一样。当时和我合住的是几个山西人，人倒是挺好，就是这口味实在太怪异了。每天晚上都是他们做饭。其中有一个号称是饭店大厨，第一天给我做了六个菜，醋熘白菜，醋熘土豆丝，老醋花生米，老醋菠菜，糖醋排骨，糖醋鲫鱼，一瓶醋用没了。这家伙把我吃的，胃里直反酸水。还好有个汤，我寻思漱漱口吧。但是刚喝一口，直接吐出来了，是酸辣汤。

这里面还有喜欢唱摇滚的。每天跟着音乐唱，不管什么歌都摇滚，就连费玉清的歌他也摇滚。此刻，我终于明白了为什么北京那么多地下乐队，因为这样的上了地面，真是扰民啊！

租房其实没什么不好。对年轻人来说，这是奋斗的生活方式，这能让自己时刻保持一种饥饿状态。人总是希望得到更多，合租的羡慕独租的，独租的羡慕有房的，有房的羡慕大房的，大房的羡慕地段好的，地段好的羡慕多房的，多房的羡慕学区的，学区的羡慕外国学区的。

有人算了一笔账，在北京买一个八百万的房子，然后生活穷困，还贷三十年，还不如每个月花两万五千块租个豪宅过得舒服，手里的钱还可以继续投资。

租房还是买房其实无所谓，不管是哪种生活方式，不用羡慕和自卑。年轻的朋友都请记住，你的幸福感不是来自这几十几百平方米。如果是按面积算幸福感的话，那非洲人都比我们幸福。幸福感是实现自己的价值，无论是家庭的还是社会的。我们这些漂儿们更是如此。不管你漂到哪儿，充分估计各种困难，做好准备，淡然地面对并且继续坚定梦想，往前走就是了。

说到这儿，我就要再次说说我们的小编宫伟同学了。那天，他背着一个重重的行囊出现在我面前，说把那个地下跟人合租的房子退了。我说：“咋啦，你要离开北京啊？！”他摇摇头说：“梦想还在。”我说：“那你住哪儿啊？就你那点工资不住地下可就没地方了。”结果他打开了自己的行囊，里面是一个帐篷，他跟我说：“你忘了，我们内蒙古的汉子，本来就属于游牧民族。”

现在，宫伟同学就住我们台门口，离直播间只有十米。全台就他家地段儿是最好的！

2016.01.06

恐怖北京一日游

这是一个真实而又悲伤的故事。

我来北京三年多，还没有时间去各大景点转转，就是每天上班下班，路过天安门时和毛主席问个好，也算是去了一个著名景点。前不久放寒假，家里亲戚的孩子来投奔我。而且他居然自己主动报了个北京一日游的团儿，长城、十三陵、鸟巢一天全走遍，中午还八菜一汤，一个人才一百二十块。

作为多年的媒体人我深知什么是便宜没好货，什么是旅游陷阱，但是为了亲戚，看着他热切而又期盼的双眼，我只能再上虎山行了。

我们这个团，一共二十多人，除了我们几个东北的，还有台湾来的，广东来的。报这个就是图个便宜方便，还有人带着玩，要是自己的话，一百二十块钱只够打车到机场还回不来。走之前我特意问明白，说是正规旅行社，早上还免费赠送天安门看升旗，然后去爬长城，最后一站带你去看鸟巢，行程标准，绝对不骗人。

那天五点半，天还没亮我们就出发了，车来接。

看完升旗，在车上导游告诉我们一会儿先去看“天桥八大怪”表演，说当年震动北京城，三百六十元的票，旅行社给我们优惠，每人一百五十，必须得交，看完再爬长城。

我心头一紧，该来的总会来的，但是心想来都来了，去看吧，反正自己也没看过，就当长见识了。结果看了以后我果然长了见识，这个“天桥八大怪”跟北京历史上那些身怀绝技的“天桥八大怪”八竿子都打不着。

有的就是写个书法，然后现场拍卖，实际艺术几乎没有。最无法直视的是“大卸八块”，简直太残暴了。表演的人咔嚓一下就把自己的胳膊拧脱臼了，然后在台上软绵绵地甩着，一边给你看脱臼的胳膊，一边说自己多不容易。这时候台底下观众席上就上来几个人拿着盒子管你要小费，说：“断个胳膊不容易，大家都赏一点吧！”

人心向善，看着台上表演的人，我自己都感觉到疼。所有人都盼着这个表演赶紧结束，于是只能给钱了事。表演者还觉得理所当然，但是，我为什么要看你甩胳膊？

接下来说重点吧。

到了八达岭长城，一看总觉得有点不太对劲儿，跟《戏说乾隆》里面看到的长城好像不太一样。虽然我没爬过，但是从小到大，长城一直都是我们的骄傲，中国人的图腾，没爬过还没看过照片吗？那应该是雄伟壮丽、气势恢宏的，而眼前这个长城感觉也够古老，也有点气势，但是为什么这么短啊？不是说好的万里长城吗？为什么我们四十分钟就走一来回儿了呢？连一个烽火台都没有，这太不科学了吧！

凭着媒体人的直觉，我感觉其中有诈，后来仔细询问加上百度百科才知道，我们来爬的这个所谓的“八达岭长城”，其实是“水关长城”。这是私人承包的，只开放了一小段，没有烽火台，很快就能游完，所以他们愿意包接包送。

那个特别有气势的是汉关长城。但是因为这一片儿都叫八达岭，所以这个水关长城也称作八达岭长城，你也挑不出人家毛病。

这就是书到用时方恨少啊!

游完长城，到了十三陵，刚要进去，导游说了：“大家先别进啊，十三陵阴气重，女人不能进，小孩儿不能进，男人身体虚的不能进……你要是实在想进的话也可以，你买个貔貅挡煞吧！”谁要买你的貔貅啊?

好多人因为这事儿就没进去。导游又省了一笔钱，之后又吃了所谓的八菜一汤，实际上只是清汤寡水的午饭，终于到整部戏的高潮了。

最后一站，导游和司机说要检修车辆，把我们拉到一个地方——卖丝绸和玉器的店放下，一待就是两个多小时。这个时候我又警觉了，觉得这一定是导游要强买强卖的黑店，但是结果再一次证明了我的无知。店员竟然跟我们说这里的丝绸和玉器都是高档货，都是不卖给我们的。

我正暗自庆幸，这时候来了个大光头，戴着金项链、金戒指，拴着金腰带，整个就像是一个黄金圣斗士的老板。他操一口南方口音，和我们唠家常讲创业，说自己在澳门那里事业做得也很大，还教导我们年轻人要孝顺父母，靠义气交朋友，说自己人生的感悟就三个字：诚，孝，勇。

总之，真的没推销。

我的心里暖暖的，身边的人也对老板投去了崇拜的眼神。这时候，大光头嘿嘿一笑接着说：“今天大家有缘聚在这里交个朋友，我们来玩个游戏，下面我问大家一个问题：如果我有一天到你们的家乡去玩，你们会不会招待我吃顿饭，会的举手。”大家都好面子，举手又不用花钱，全团二十几个就两个没举。

大光头说：“好！举手的朋友站到右边，没举的站另一边儿去。举手的朋友，你们会请我吃多少钱的酒席呢？九百九十九站这边，一千九百九十九站中间，九千九百九十九站右边。”

我想这个游戏玩得真够细致的，我们都在这儿配合玩游戏呢。此时，服务员居然麻利儿地递上来一个刷卡机。大光头说：“请大家站好，按你们的金额把这个钱刷给我吧！”

居然还有这种事！不是说好玩游戏吗？不是说好靠义气交朋友吗？

大光头还说：“大家这个情义我收下了，也不能让大家白拿钱，我在你们每个人出的钱前面再加一个一，赠送给你们同等价值的玉器貔貅。也就是说出九百九十九的可以得到一千九百九十九的貔貅，出九千九百九十九的可以得到一万九千九百九十九的貔貅，这个很划算啊！”

听起来是划算，但是……

谁要你的貔貅，谁要你的貔貅，谁要你的貔貅！为什么从头到尾都是跟我推销貔貅啊？

人真的是一种很奇怪的动物，真的有几个乖乖地拿着卡去了，架不住这个气氛，大家都按照刚才排队的金额刷了！谁不刷都出不去！我转头一看，九千九百九十九块站队里那俩大哥特别淡定，一个是台湾来的，一个说是广东的，可能是财大气粗吧。

临走时，他们没和大家一起上车，而是被老板留下了，说情意深重，这么讲究的人自己要开劳斯莱斯亲自送他们。

最后一站鸟巢，我也没再遇到这两个人，我好像明白了什么……

最后的结局，到了鸟巢，导游把大家撵下车直接开走了，让我们坐公交回去。

都说主持人是靠嘴走江湖的，要我看，跟这帮话术一流的骗子相比可差远了。你要是太实在，不如交点学费来这个忽悠一日速成班，保证收获不小。

说真的，北京是很多人心中的圣地。从小到大，从我们的长辈到我们，都怀揣尊敬和谦卑到北京旅游，就好像朝圣一样。这是中国的历史赐予我们的厚重感。有谁没在天安门前拍过照？有谁没在红旗下流过泪？每个人都有一顶小帽子，上面写着北京；每个人都有一件颐和园的跨栏背心，上面写着纪念。但是近些年，那些毫无资质的无良旅行社，却打着北京一日游的幌子，肆意地诈骗老百姓的钱财，透支着人们对北京的爱。

最后，伤害的是我们热爱的北京。

2017.02.20

《锦绣未央》是怎么做到抄袭两百部小说的

时代不一样了，我们看待问题的世界观和处理问题的方式都会发生改变。以前一些风流人物干的事儿放到现在结果都会不一样。比方说：姜太公钓鱼，搁现在罚款五十元；鲁智深倒拔垂杨柳，直接被环保局带走；说曹操曹操到，超速百分之五十，罚一千记六分；周瑜打黄盖，依法刑事拘留；关公面前耍大刀，没收管制刀具；诸葛亮草船借箭，不得超过银行同类贷款利率的四倍。这就告诉我们一个道理，现在是法治社会，甭管你腕儿多大，都得按规矩办事儿。

前两天，十一位网络小说原创作家状告《锦绣未央》原著作者周静和当当网一案，在朝阳法院进行了证据交换。这场维权持续了整整四年，前后牵扯一百多位小说作者、编剧和网友，终于在 2017 年年初，连跨几步，有了实质性进展。

《锦绣未央》，有很多爱追剧的朋友肯定熟悉，众多明星加盟，电视剧收视率也不错。但是谁能知道，这么一部大作不仅仅涉及抄袭，而且一抄就抄了两百多本小说。

这几位原告真心不容易，一直到 2016 年 7 月，他们才将两百七十万字的《锦绣未央》的抄袭对比初步整理完毕，得出结论：全书二百九十四章，其中只有九章是周静自己写的，剩下的都是整章复制人家的，顶多改个人名（有的甚至人名都一样）。

面对指控，《锦绣未央》作者周静的回应也耐人寻味，她说：“情节基本属于原创，如有雷同，实属巧合。”

当时看到这个新闻的时候，我跟很多朋友的第一感觉应该是一样的，就算是抄袭，也还是特别佩服作者，毕竟写一本小说就得抄两百本其他的小说，这得多大的阅读量，果然是读书破万卷，抄袭如有神。对于学习不好的同学来讲，这是一个励志故事，也许你不够聪明，但是只要看的书多，做起题来总会容易一些。

另一个更惊人的内幕消息出现了。其实一本小说抄袭两百本小说并不难，在文学界也是一个很常见的现象，比方说网剧《寻找前世之旅》也涉嫌抄袭一百七十三位作者的两百零三篇作品。他们是怎么做到的呢？有写手爆出了内幕，根本不用什么阅读量，只要在电脑上安装一个写作软件就可以了。想写哪个场景，哪个部位，哪个动作，哪种关系，哪种开头，哪种结尾，你只要输入关键词，就会跳出所有跟这些关键词有关的细节描写，三分钟能写三千字，全部来自各个网络作品，也肯定是网络作品，你弄一《红楼梦》我奶奶都看得出来。

有的软件还会更“贴心”地提供排版、取人名、找资料的功能。在你们科学界还拿人工智能跟人玩儿下棋的时候，人家小说圈已经拿人工智能赚钱了。我当时想，这个软件这么高级，怎么不得卖个十万起啊！结果淘宝一查，十五块钱，绝对是良心商家。这也印证了，被告的确没说谎，她确实没有抄袭，只是复制粘贴而已。

真是生不逢时啊！当年要是有了这个软件，我毕业论文至于写两个月吗？当时我觉得自己特别聪明，也是东抄一段西抄一段。交论文的前一天晚上，我们那播音系主任给我们群发了一条短信，上面写着：“同学们，为了防止你们抄袭，我已经把百度搜索到的关于新闻传播学论文范文的前四十页所有网页全浏览过了，目前还在继续浏览其他的，请你们好自为之！”一看，还有十二个小时就到交论文的时间了，我从来没有像那天晚上那么认真地学习过。

当然，在网络文学创作的环境中，可能这是一种很常见的现象。尤其看到周静是于正工作室的签约作家，我也就对抄袭这事儿不是那么奇怪了。我真正奇怪的是，那么多人指证，那么多证据，但是竟然书不下架、剧不能停。所以一个奇妙的现象出现了：一方面，一部复制粘贴了两百多部小说的合成品成了热播剧，作者装聋作哑，制作方三缄其口，播出平台闷声发财；另一方面，被侵权者却辛苦比对三年，还得靠众筹资金来打官司，甚至还要得罪那些有势力的人。就像吃瓜群众感叹的：“这一场旷日持久的官司，就算原创的‘百人团’赢了，但是最后赚得盆满钵满的抄袭者恐怕才是最实惠的‘人生大赢家’。”

跟之前的明星对比一下，那些吸毒的直接删戏，出轨的会被拉黑，但是抄袭却没有什么正经的惩罚，最多罚点钱道个歉。但是罚的款跟剧本所带来的收益相比不值一提，而道歉，又有什么用？中国搞法治社会这么多年了，为什么这个圈子还停留在原始阶段呢？盗版跟侵权，如果没有法律上严肃的惩罚，经济上严厉的制裁，那我也不干别的了，也花个十五块买一软件，一本万利去。

干这个其实我是鼻祖啊，我从小作文就特别会抄，都是各大范文东一句西一句地拼起来，语句非常优美，从来不用自己去写。

后来老师发现了，把我叫到办公室一顿训，还让我写一个检讨书，说明以后绝不再犯。我当时抹着眼泪，迟迟下不去笔，我们老师说："你怎么不写啊？"我抬头跟老师说："老师啊，你有没有关于再也不抄袭的检讨书的范文让我借鉴借鉴啊！……"老师当场只说了一句话："小铭，滚出去！"

裤裆里的手榴弹——浅评抗日神剧

——2016央广文艺评论一等奖、中广联全国广播娱乐节目创优一等奖节目

一直以来，作为资深的电视剧观众，我非常为现在国产的影视剧着急。你会发现，现在的编剧很没创意，剧情千篇一律：上床必怀孕，切菜必剁手，身上有胎记的都是有钱人家流落在民间的孩子；说干完这票就金盆洗手的挂了，说战争胜利回家娶媳妇的挂了，说你看这是我姑娘的照片然后也挂了；女扮男装永远看不出来；听客官口音永远不是本地人，但是我听着明明全是普通话；最可气的是那无所不能的主角光环，不管什么地方，主角只要招手，就有出租车，这完全跟现实不符！我用滴滴叫车，不加钱，都没人拉我。

不知道是不是编剧们知耻而后勇，为了让我们这些观众有那种眼前一亮甚至不敢想象的感觉，终于一系列挑战观众思维逻辑极限的影视剧在近两年出现了。于是我们再也无法总结出电视剧定律，因为这些电视剧根本不按套路出牌啊！最具代表性的就是抗日神剧系列，最经典的手撕鬼子、弹弓打飞机都来源于此。没有想不到也没有做不到，抗日神剧终于打开了中国编剧的超级想象力。在最近，又有一幕“裤裆藏手榴弹”的戏码引爆了舆论。

这部戏的名字叫《一起打鬼子》。剧情是这样的：一对男女英雄在牢狱里相会，当着太君的面儿摸摸搜搜，我以为接下来要上演儿童不宜了，但是男英雄不知怎么就从女英雄裤裆里掏出个手榴弹引爆了，然后就没有然后了。这个戏码超乎想象，但是过程确实让人浮想联翩。对此新华社是这么评论的：“披着民族感情的外衣用性和暴力挑逗观众，在历史的疮疤上纵情欢乐。”

近年来，频现于荧屏的抗日“神剧”呈现出一番“奇观”：裤裆藏雷、手撕鬼子、单手掏心、石头打飞机……这究竟是艺术创作，还是消费历史和民族感情？

新闻出版广电总局近日也表示将对抗日“神剧”进行调查处理。目前，该剧制作机构已被要求暂停发行播出此剧。

其实说到消费历史和民族感情，最有发言权的还不是新华社，而是真正上过战场、跟敌人打过仗的老兵。年过九旬的老兵焦福坤说，电视荧屏上都是抗日剧，他从来不看，真正的战争远比电视里演得残酷。还有老兵接受采访时表示对抗战“神剧”非常反感，因为它们把敌人描绘得过于弱智，不仅是对历史的歪曲，更是对浴血捍卫家国的先烈的不敬。

想想也是，如果咱们真像电视剧里写的那样：能手撕鬼子，能弹弓打飞机，能被鬼子玷污之后一跃而起干掉十几个训练有素的日本兵，能用化骨绵掌等各种中国武学徒手打穿鬼子身体，能跳出生理学和物理学原理的束缚，更可怕的是有的俊男美女杀完鬼子连发型都没乱，在这种情况之下，鬼子还能跟我们耗这么多年，那应该是他们太不容易了！

其实真正不容易的不是日本兵，而是演日本兵的演员。这玩意儿是根据你的五官扮相来的，要是一次合适了，以后的抗日剧部部都落不下你。有一个职业扮演日本兵的演员吐槽，说谁都没他惨，他曾经在一天之内，在不同剧组被打死八次，而且死法都不一样，要多惨有多惨。

本来真实的历史是中国的军队和民兵资源匮乏，小米加步枪，但是在戏里面，他们无所不能，一拳在鬼子身上打个洞，这个威力相当于 92 式步兵炮，哪里还用得着什么步枪，而且都是以少胜多！

所以我有种错觉，你这是拍抗日剧，还是复仇者联盟？

回到我们最初所说的，观众不愿意看情节雷同的电视剧，那么把情节夸张到如此没有逻辑，真的只是为了满足大众口味需要吗？不管咱们怎么抨击，有一点是值得反思的：咱们再怎么说这戏码不好，但就是能赢得收视率，要不人家干吗写这个？

因“手撕鬼子”情节广受争议的《抗日奇侠》在多地成为收视冠军，第二轮播出一集两百万，利润翻倍。这也促使新的神剧不断派生出来，毕竟对于投资方，舆论是次要的，赚钱才是王道。

所以，我们一方面谴责制片方，希望有关部门加大监管力度；另一方面，也是我觉得最重要的，提升我们的欣赏品位才是最关键的。再雷的剧也是我们自己捧起来的，如果没人看，它自然没有生存之地。

中国这些年其实有很多值得称道的电视剧，如《红楼梦》《西游记》《渴望》《黑洞》《康熙王朝》等等。当然还有数不尽的TVB（电视广播有限公司）剧及现在流行的美剧英剧。这些剧有着共同的特点：讲情感就是讲情感，很细腻；讲职业就是讲职业，很专业；讲反腐就是讲反腐，很给力；讲神话就是讲神话，很玄幻。

我们现在的剧就是本来应该很专业的历史剧，结果发现感情戏比重最多，应该是很给力的战争场面最后拍得很玄幻。幻想不是坏事儿，异想天开也是社会进步的动力之一，同时这也是影视作品的魅力。完全没有幻想的电视剧不叫电视剧，那叫《新闻联播》。但是作为影视剧一旦脱离了历史，甚至违背了科学，那电视剧也不能叫电视剧，那叫《聊斋》。

所以，请不要让裤裆里的手榴弹炸坏了历史的命根子。

2016.12.19

收视率造假背后的黑幕

我是一个喜欢文化的人。

那天我坐地铁，有一站上来一姐们儿，穿着朴素，尤其是手里拿的袋子引起了我的注意。那个袋子上若隐若现地写着“北大”两个字。我顿时对这位大姐心生敬仰，不愧是北大高才生，这比 LV 爱马仕的包包有面子多了，满满的文化优越感。过了一会儿，地铁下了一堆人，我终于把那个口袋上的字儿看全了：东北大米。

所以这个故事就告诉我们一个道理：都说眼见为实，但是这年头，有的东西，你看到的，都未必是真的，比方说电视的收视率。

前两天中国电视剧制作产业协会决定：联合全国电视剧制作行业，签署自律公约，从现在起，坚决杜绝收视率作假现象。又一轮“收视率打假”行动展开了。协会授权其法务委员会，立即调查取证，向司法部门报案，用法律手段惩处黑势力，维护公平正义。

大家都知道，在一些市场化的领域，受众的多少直接决定着这个产品的生死。广播有收听率，电视有收视率，网络有点击率。

像我们每周都会有收听率反馈，领导按照收听率高低给我们排一个名次。每次我都想跟领导说：“现在中学都取消这种排大榜的行为了，咱们能不能不要这么复古。”当然我们有时也会对收听率产生一些质疑，基本规律就是：高了那就是准，低了就是不准。

其实广播相对来说还是一个比较单纯的地方，而电视圈里面水就深多了，因为他们投资更大。一期综艺节目，或者一集电视剧，就算一个小时吧，造价几百万甚至更多。我们广播一期节目，我在地方台的时候是四十块钱，现在来到央广终于有了质的改变，上了三位数。

对于电视来讲，收视率上下带来的利害关系太大了。最近，媒体人刘春在微博爆料称：“一部电视剧，制作机构每集竟然要花三十到五十万的价格去找数据公司做高收视率，否则就可能因为收视率不高而遭电视台腰斩或降价。”而法务委员会在一纸声明中提到的“在我国，电视收视率作假由来已久”，更是将收视率造假的“潜规则”公之于众。

全国每年播出一万三千集电视剧，每集如果将五十万用于收视率，也就是说，每年购买收视率的费用或高达六十五亿元，再发展下去就可以成为全国的支柱性产业了。

还有业内人士透露：“现在收视率调查采用样本调查的方法，数据只覆盖三万个样本户，结果并不一定科学。而且数据样本中百分之八十至百分之九十的用户已被控制，只要花钱买，收视率就高，这与电视剧水平已经没有关系了。”最逗的是，买卖双方进行交易的方式真的跟电影里面交易毒品似的，找个地下停车场，一言不发地来，现金交易，然后一言不发地走。所以让我们送给他们一副对联吧，上联是：假人假粉假样本；下联是：瞎吹瞎碰瞎忽悠；横批是：钱是真的。

电视剧管理部门也曾要求各大卫视签署拒绝收视对赌的倡议书，但成效一直不尽人意。如今，新一轮的“收视率打假”行动再次启动，又能有怎样的效果呢？

这让我想起了多年前的一件特别搞笑的事儿。当时湖南某地为了应对省级部门的民意电话调研，给许多市民群发短信，要大家多说当地政府的好话，有三百块钱奖励。这跟收视率造假有啥区别？

你也不能怪那些为了三百块说假话的老百姓没有原则。我说句实话，你不干不是因为你有尊严，而是你嫌钱少，要是三万呢，你干不干？三万不干，三千万呢？我跟你说都不用那么多，有的人给他三块，他就能寻思寻思了。不过你换个方向一想也挺好，谁说民意不值钱，起码在这儿值三百块。

回到收视率的话题，真正需要改变的不仅是要去斩断利益链，而且不要指望靠自律这种幻想来整治造假现状。其实改变收视率为王这种单一的评价体系才是最重要的。

就算收视率、收听率、点击率、上座率、发行量不高，也并不能代表对应的东西就一定不好。反过来说，一些比较低端的东西，也因此会想出很多歪门邪道来提高受众量。就算不直接造假，他们也会采用其他的方式，比方说标题党、造谣、突破底线，这些东西收视率、点击率都高，但是这个是我们需要的吗？

最后要对我们所有在这样一个浮躁的年代，仍然踏踏实实做事的朋友们说一声：“你们才是真的社会力量。”就像我们《快乐早点到》播出四年了，收获特别多，其中有一个收获叫坚强。你们可能不知道，我刚刚主持这个节目时，我们的收听率是零。

有天半夜三点，我回家经过中央台门口，站岗的武警战士还直溜儿地站着呢！你说也没人进没人看，他们图啥？难道为了耍帅吗？这个事儿就告诉我们一个道理：无论你在什么体制的单位上班，你都是在为自己工作。收听率是零又能怎么样？

评价一个人行不行，真正重要的是要看三个方面：首先，是你自己行；其次，有人说你行；最后，是说你行的那个人，得行！要是现在某个大领导开记者招待会，向外宣布，我十分爱听《快乐早点到》。就算我收听率不高，但是我看谁敢说不行！

——以上就是我对我们最近收听率下滑的解释，领导您看这么解释行吗？

2016.08.30

谁捧起了明星天价片酬

8月26号，国家新闻出版广电总局党组发布了《关于巡视整改情况的通报》，其中提到遏制“天价”片酬和明星炫富问题，终于把这事儿搬上了台面，激发了网友巨大的讨论热情。

说之前咱们先说一点啊，任何职业干好了都有挣大钱的机会。干金融的，有坐窗口一个月三千块的，也有靠做项目光年终奖就几百万的；干媒体的，有一期节目五十块的，也有发个视频就能估值三个亿的。人家能挣多少，是人家价值的体现。

能拿到天价片酬的明星，只是演员队伍当中很小的一部分，大部分也都普普通通。对比起来看更明显：一些一线演员片酬近亿，而一般新人三个月的打包价也就十五万。这十五万还不归个人，经纪人还跟周扒皮似的起码给你抽走一半儿。

当然，人们更感兴趣的是天价片酬到底能有多天价呢？

有人说：“北京人均干千年，不及演员接部片。”听起来夸张，但是在数据面前，这句话简直是恰如其分。根据北京市统计局发布的2015年度平均工资情况显示，北京地区职工年均工资为八万五千零三十八元。如果人均干一千年，也就八千多万。而周迅最新接拍的影视剧作品，片酬是九千五百万。

所以说你干一千年能赶上人家拍一部戏，其实还是抬举你了。

当然，有业内的朋友，包括成龙大哥也说了，这就是市场。一个愿打，一个愿挨，掏钱的和挣钱的都高兴，那么就和谐万岁。这话确实没错儿。而且我一直认为成龙大哥的过亿片酬那是很值的，每部作品都好看。但反过来说，并不是每个亿万片酬演员都是成龙大哥的水平。

咱不管你们制片方和投资方之间到底有什么利益关系，作为观众，咱就说影视作品本身。很多作品，明星阵容非常强大，又是时下最流行的小鲜肉，又是全世界各地去拍摄，看点很多。但是有些作品，我不点名您都知道我说的是哪些，剧情极其混乱，除了演员在摆造型，没有任何逻辑可言。整部电影不像是在讲故事，更像是在洗钱。

当然，明星的存在确实可以保证票房，但票房并不等于口碑。一万个人看和一万个人骂本身并不冲突。现在悲哀的是，片方更在乎的是一万个人看。因为看电影毕竟跟吃西瓜不一样，可以不甜不要钱。

咱们可以和一些成熟的影视作品市场横向对比一下。无论是韩剧还是美剧，那些我们公认制作精良、扎实好看的作品，它们都有一个费用支出比例，其中演员的支出应该占制作费用的百分之十到百分之三十，这是影视制作的原则和底线。而中国演员的片酬早就超过制作成本的百分之五十，甚至达到了百分之六十。

而那些决定作品灵魂的编剧们，决定细节的剧务们，仍然领着微薄的工资，吃着横店盒饭。尤其是编剧，写好的本子临场经常被改。之前媒体还曝光，中国某著名女演员，演戏的时候不说台词，心想反正都有后期配音，那我说啥都一样啊。于是她演戏的时候，从头到尾就两句话，第一句“一二三四五六七”，第二句“七六五四三二一”。

最令人费解的是，这种行为居然不扣工资！你知道我们中央台说错一个字要扣多少钱吗？

我们都知道娱乐圈水深不见底，但是怎么潜规则那是你们圈子的事儿，我们也不反对明星拿高工资，因为就算他不拿，那些钱也不会给我。我们更关注的是作品本身能不能让我们享受愉悦，起码，对得起我们的时间和票钱。否则，拿着这些钱，你不心虚吗？

最后说一个题外话，也是这两天看到的新闻。咱们知道职业不同，挣的钱也不一样。有的人同样努力，甚至更累，那也没有别人动动手指挣得多。

昨天有这么一个新闻，代表着工薪阶层难以言表的心酸。一个幼升小的孩子问爸爸：“为什么同班的小孩儿都可以上那个比较好的小学，而我不行？”爸爸说：“因为学区房很贵，爸爸买不起。”于是这个孩子说了几句在他看来很单纯，听起来却令人无比难受的话：“那你为什么穷呢？你不也天天工作吗？你是不是很懒啊？……”

可以想象当时父亲的心里是何等苦闷。对比一下明星天价片酬，市场经济制度和人本身的价值观都应该认真反思。当然，别觉得这个孩子太过分，他太小了，他的世界就是这么简单。

其实我小的时候也问过我爸爸同样的问题，我爸爸当时表情很复杂，眼睛红红的，似乎有种无尽的内疚。我虽然很小，但是也感受到了爸爸的不容易，于是说："爸爸，我再也不问了。您，您把皮带收起来吧，举着怪累的。"

2016.01.26

现实版《太子妃升职记》

我记得小时候春游，老师带我们去动物园。动物园中间是一片湖，老师指着湖上的两只鸟就说："同学们，看，那是鸳鸯。"当时我就想起了《倩女幽魂》里的一句话："只羡鸳鸯不羡仙。"结果老师很专业地纠正我，说："其实，鸳鸯不是我们想得那么专一，它们是一夫多妻制，每年换一个。"于是我淡淡地跟老师说："老师，我羡慕的就是这个……"

作为一个怀旧的男人，我非常怀念那种三妻四妾的传统，但是现在是不可能了。不过前两天的一条新闻却引起了轩然大波。

广东一名网友使用PS（Photoshop，图像处理软件）软件，将《阳江日报》上原标题《市政协六届五次会议1月19日开幕》改为《我市将全面开放二妻政策》，并制成图片在其微信群中传播。我相信很多朋友都看过，反正我当时虎躯一震。经当地警方核查，该微信内容为虚假信息，因网络谣言转发超五百次就可构成诽谤罪，这名网友因涉嫌造谣，依法被阳江警方处以行政拘留。

可能恶作剧的人只是为了搞笑，也确实没有谁会真的相信中国会放开"二妻政策"。但是原则就是原则，所以咱们以后在网络上还是要谨慎小心，不能太作。

不过话说回来，在今天，一夫多妻制，其实仍然有很多国家在实行着。这些国家大多集中在非洲大陆和西亚地区，比方说塞内加尔、乌干达、利比亚、斯威士兰、埃及、苏丹、埃塞俄比亚、也门、阿联酋、卡塔尔、巴林、约旦、伊拉克、沙特阿拉伯、索马里、泰国等。有的是因为宗教，有的是因为传统。

以前看一新闻说，泰国一名二十四岁的男子，和一对美丽的双胞胎姐妹同时结婚。这哥们儿还表示，姐妹俩他都爱，无法割舍，所以会公平地对待两姐妹。他已经把同床共枕的日子分配好，一个礼拜是七天，前三天跟姐姐睡，后三天跟妹妹睡，中间一天仨人儿一起……最让人受不了的，就是这对双胞胎姐妹表示，她们很早就发誓，一定要嫁给同一个男人。这都什么理想啊！

而且我觉得麻烦的事儿在后面。我实在不懂，如果以后妹妹生了个孩子，你说这孩子管姐姐叫姨呢，叫妈呢，还是叫姨妈呢？

说到中国，咱们以前也是一个一夫多妻制的国家。

说到皇上后宫佳丽三千，我心里就特别痒痒。三千个啊，一天一个十年不带重样的。后来才知道，这是一种虚拟的说法。皇上没那么多老婆，三千是一个虚词，就是很多的意思。那时候三宫六院，你得加上宫女、服务员、保姆、钟点工什么的才有一千多人。

不光是那时候，其实直到现在，在中国，也还存在“一夫多妻”的家庭。虽然 1950 年实行的《中华人民共和国婚姻法》规定一夫多妻不合法，1997 年又修订了《中华人民共和国刑法》，规定了重婚罪，但由于法律的不可追溯性，在《中华人民共和国婚姻法》实行之前成立的旧式多妻家庭，一夫多妻仍可共同生活。

尤其是中国香港和澳门，之前一直沿用《大清律例》订立的侍妾规定，直到 1971 年颁布《婚姻法》才杜绝了香港男性纳妾休妻。最著名的例子，就是澳门赌王何鸿燊。他原有一妻一妾，在 20 世纪 80 年代中期，又公开纳了两位姨太太。按照当地规定，只要前两位妻子不去起诉，法院就不会管他的“家务事”。

男人从小看了这些东西，耳濡目染，就觉得羡慕，觉得一夫一妻太无聊，恨不得一天一妻。（别以为我帅就认为我高不可攀，其实我是海纳百川。）后来在经历过无数次跟女人吵架失败被抛弃、被对比、被隔壁老王借辣椒面之后才发现，一夫一妻不是约束男人，而是保护男人。因为从《甄嬛传》等电视里，你就会发现，女人多的地方一般都不怎么太平。

前两天跟朋友聚会的时候，我有朋友还抱怨呢。他说：“现在这女人真难伺候，一会儿说想吃葡萄，买回来吃了一个，又说想吃荔枝，一次性说齐了不行吗？我又得出去买，跟遛狗一样。”结果另一个说：“你就知足吧。我家那老娘们儿，那天居然说想吃火车上的盒饭，你说我怎么办！”我告诉他：“那还不简单，上网订个盒饭外卖，人家要二十，你就给八十，这就是火车盒饭了。”

所以，真正成熟的男人不会再去幻想一夫多妻的年代，只会感谢一夫一妻给我们带来的关爱。一夫一妻才是保障我们还有机会娶到妹子的优良国策。

你想象一下，如果一夫多妻，有身价的妹子是人家的妻，有长相的妹子是人家的妾，次一点的妹子是人家的婢女，就连好看的男人都是人家的男宠，让你连出柜的机会都没有！

前不久红极一时最后因为剧情太腐被下架的《太子妃升职记》中有一段表白，就是太子跟太子妃表明心迹，但是太子妃说爱情的基础是平等，你是皇帝，我是王后，我们的身份注定就不能平等。后来太子就把自己的后宫解散了，自己也跟太子妃隐居，表明此生只爱她一个人。

虽然这个剧从服装到道具再到台词都 low（低级）到无限，但大家对这个剧的关注度却极高，想必也是被太子的真情感动了吧。

也许大家不知道，现实生活中，就在此时此刻的世界，真的有这么一位国王，为了心爱的女人，修改了传统的一夫多妻的婚姻制度，这个国王就是摩洛哥国王。他爱上了一个平民美女萨尔玛。2001年时，他向女孩儿求婚，但是女孩儿表示自己只能接受一夫一妻。（当时的摩洛哥是典型的一夫多妻制国家，尤其是王室。）后来，这个摩洛哥国王为了这个女人，修改了几百年的国家传统法律，顶着巨大的内部、外部压力，把摩洛哥变成了一夫一妻制的国家。连他爸爸的那些嫔妃们都给赶出了王宫，求他爸爸当时的心理阴影面积。

后来这位王后，也一直在为社会公益、民生福利，包括阿拉伯国家女性自由而积极奔走。这才是真正的“太子妃升职记”！而摩洛哥国王虽然可能损失了跟更多女性全方位多角度深层次的交往机会，但是却收获了一份真正伴随一生的真爱。

这让我想起一首歌：从前的日色变得慢。车、马、邮件都慢，一生只够爱一个人。

2016.03.24

医生写字为什么这么难看

我必须承认一个事实，在我众多缺点当中，写字难看是最令我尴尬的。

每次考试我不仅要被扣掉答错的分数，还要扣掉五分卷面分。我妈问我：“这是为什么？”我说：“因为我们老师没文化，我写的字我都认识，但是老师却一个都不认识。”

后来我还问老师：“老师，我这狗爬字真没救了吗？”老师看了看我的卷子，说：“你这个还不算狗爬。”正当我松了一口气时，老师继续说：“因为我实在看不出是什么动物爬的。”

还是我们高中的语文老师慧眼识英雄，说：“这个孩子写的字有点像大夫开的处方，是个当医生的好苗子……”

所以，绕了一个大弯儿，今天我要说说医生的字。（因为我的思想品德老师告诉我，黑人一定要先自黑。）

当然不是所有医生的字都难看，但是有的医生的字确实跟天书没什么区别。比方说最近网曝江苏连云港市一市民去医院看病，发现医生写的病历和处方上的字潦草难认的消息再次引发网民集体吐槽。

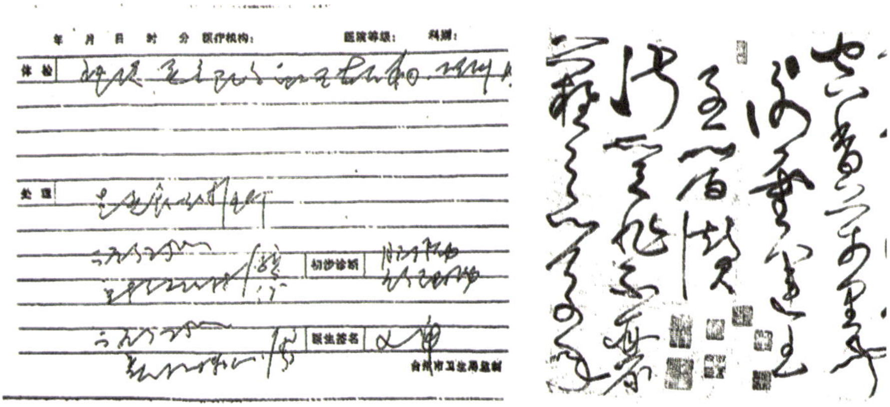

“医生体”与书法家张旭的狂草有异曲同工之妙！

我们从一张“病历记录”的图片上看到，这字儿写得就不像是汉字，明明是一条条曲线，笔画几乎连成一体，跟一分钟跳两百下的心电图似的。别说字儿不认识，就连右上角日期位置填写的阿拉伯数字也认不出来。但是非常神奇的是，虽然我们每个人都不理解这些字是什么意思，但是药房拿药的哥们儿居然都能看懂。

于是有网友说：“医生的字体，我从小到大都看不懂，还以为是某种代码，保护病人隐私，我称这种字体为‘医生体’。”还有人说：“我还一直认为医生就业前，会培训一种医生专用手写体。”

于是很多内幕党纷纷开始猜测，为什么大夫写的字都没办法辨认？可能是为了让病人在本医院购买药品，不让病人看清楚医生开的药方，增加医院的收入……

但是在这里我们要为广大的医生辟个谣，这种猜测完全是想当然没有根据的。真正的情况很简单，就是因为中国的医生每天看的病人要远远多于国外的医生。国外的医生一天只需要看十几个病人，而中国的大夫光一个上午在门诊就要看四十至六十个病人，而且每个病人都要问病史，查体，写门诊病历，开处方，还有的病人属于那种比较纠结的，所以在这种情况下，还要几十年如一日，搁谁都没有耐心好好写字了。

那么另一个难解的问题就是：为什么药剂师能看懂？按我们的经验，这种字应该是超出了人类理解的范畴了。其中很大一部分原因，是人家本身就经过专业培训，再加上天天看这些，早就有默契了，一看你这笔法线路就知道是什么药。这才是真爱。

其实大夫的字儿难看，也不是中国所独有。国外医生看那么少的病人，字儿也一样难看。这是有数据说明的。

据美国国家科学院医学研究所报告，每年全美医疗差错中，用药错误发生率排第四位，而用错药最主要的原因就是医生写字太差。但是医生这个行业毕竟要对患者负责，就算再忙，也应该把最基本的开药治病做好，所以美国医学会曾在七年内颁布三条政策以敦促医生们“改进潦草的处方笔迹”。

中国也一样。我国卫生部门2010年制定的《病历书写基本规范》要求，病历书写应规范使用医学术语，文字工整，字迹清晰，表述准确，语句通顺，标点正确。一年前，浙江就有七位医生因书写病历潦草难认，被所在医院扣发奖金。

所以这是一件特别矛盾的事儿，一方面又要保证看好这些病人，另一方面还要做到字迹工整，所以最好最直接的办法，就是推行电子病历。这样的话，就能解决问题了。美国要到2018年才能全面实现，希望咱们国家也能尽快做到吧。

说到字，人的第二张脸面，确实特别重要，别说医生了，咱们自己也要经常练习。我以前给人家签名，看到人家心疼自己本子的眼神，我真是无比愧疚。

我应该向我的好朋友黄欢学习。黄欢从小就练习书法，每次我们台里的书法比赛，欢欢都是拿一等奖的。毫不夸张地说，每天在她们家门口都排着一长队的人，要“重金求子”！（呃，不好意思，上面有一个错别字。）

欢欢写一个字，现在市面上都是天价。她要是写一副对联儿，海淀的房子指哪儿买哪儿！

有记者还到她们家采访过。当时记者一进她们家门儿，愣了：“哎呀，黄欢老师啊，像您这样的大书法家，怎么会蜗居在四十平的房子里？您随便卖副字就可以买大房子了啊！”

欢欢说：“这个你有所不知。小的时候，父亲给我讲了王献之的故事。他父亲王羲之告诉他，只要把院中的十八口水缸拿来磨墨练字，直至水用完，便可明白书法之道。”欢欢看了一眼周围，说道：“我家也没水缸，我就在墙上写。我记得写之前，这间屋子当时还有一百多平呢，写着写着就四十平了……”

2016.12.27

霸道！2016年的十大流行词

时光飞逝，转眼又是年终岁尾。正所谓“一寸光阴一寸金，寸金难买寸光阴”“少壮不努力，老大徒伤悲”“花儿还有重开日，人生没有再少年”“光阴似箭，日月如梭”“盛年不再来，一日难再晨”“三更灯火五更鸡，正是男儿读书时”“燕子去了，有再来的时候；杨柳枯了，有再青的时候；桃花谢了，有再开的时候。但是，聪明的，你告诉我，我们的日子为什么一去不复返呢？”

此处应有掌声！

就算文采如我，也有深感自己知识不足的地方。尤其是现在面对一些年轻人，有时他们跟你说的话，你听起来就会感觉莫明其妙。

比方说前两天是圣诞节，我们在北京三里屯做了一场脱口秀的活动。完事儿之后大迪要在三里屯买东西，以前都是在西城待惯了，第一次去三里屯看到那里的灯红酒绿，她都惊讶了，说：“不对啊，按照这种繁华程度，三里屯不应该叫屯啊，起码应该叫三里城！反观西城也不应该叫西城，应该叫西屯啊！”当然，这不是重点，重点是当大迪的购物欲被激发时真的是太可怕了。嘴里碎碎念的东西我根本不明白是什么意思，一会儿说“根本把持不住”，一会儿说“快到我碗里来”。我说：“你歇会儿行不行啊？”

她说她“根本停不下来”。我说：“太晚了，我们该走了。”她说：“臣妾做不到啊！”

年轻人嘴里总是有一些非常新鲜的网络词语，听他们讲话就跟土匪说黑话似的。所以今天为了让朋友们都能够跟紧时代的步伐，我们就来对这些网络词汇刨根问底儿，让你明白它们到底是怎么来的。

前两天《咬文嚼字》公布了2016年十大流行用语，分别是：“供给侧”“工匠精神”“友谊的小船，说翻就翻”“葛优躺”“蓝瘦香菇”“小目标”“洪荒之力”“吃瓜群众”“套路”“一言不合就XX”。

这里只有“供给侧”和“工匠精神”两个词语是正式词汇。“供给侧”，是2015年末习主席在中央财经领导小组会议上首次提出的“供给侧改革”给带出来的，而这一概念在2016年成为中国经济领域最火热的词汇。而“工匠精神”是李克强总理在2016年《政府工作报告》中提出来的新词。

再看剩下的那八个流行词，它们都是在网络上流行起来的。

友谊的小船，说翻就翻：这是来自网络上的一幅企鹅漫画，大家觉得对友谊说得很到位，所以就传开了。

葛优躺：就是葛优当年在《我爱我家》的剧照，瘫在沙发上的造型被大家再一次追捧。

蓝瘦香菇：就是前不久一个广西的小伙子自拍的失恋视频，一口广普把“难受想哭”说成了“蓝瘦香菇”。

小目标：是王健林在一个采访中，说出了一句能噎死所有人的话：“先定一个小目标，比方说先挣一个亿。”这句话自我标榜能力极强，谈笑间樯橹灰飞烟灭，能跟这句话PK（挑战）的只有马云的一句名言：“我这辈子最大的错误是创办了阿里巴巴。”所以今年过年，门口我都不打算贴门神了，我一边贴马云，一边贴王健林。

洪荒之力：这个词我们都知道是在今年里约奥运会上，中国游泳运动员傅园慧在接受采访时说的，再配上她的搞怪表情，瞬间爆红网络。其实这句话原来是电视剧《花千骨》里面的词汇，指的是宇宙间最强的力量。所以现在很多人也开始时不时地用上了这个词，比方说我们冬天起床，用的就是洪荒之力。

吃瓜群众：我们都知道指的是围观群众。但是在 2016 年，吃瓜群众突然就莫名其妙地火了。很多朋友纳闷儿，为什么是吃瓜呢？嗑瓜子儿不行吗？其实这最开始源于一个公路新闻。记者去采访一个老伯，老伯说我什么也不知道，我当时在吃西瓜。后来新闻评论里就有人评论到：“我只是一个不明真相的吃瓜群众。”画面感极强，所以这个词儿就流行了。正所谓围观的力量是伟大的，吃瓜群众是这个社会上最不可忽视的一个强大群体。因为每个新闻当中，最后都会有“目睹了整个事件的吃瓜群众”“然而吃瓜群众早已看穿了一切”“吃瓜群众的眼睛是雪亮的”。

套路：其实这个词儿挺老的，但是今年有一组微信对话被发到了网上，里面用套路形容一个人的精心策划，大家觉得很形象，于是就传开了。最开始说：少一点套路，多一点真诚；套路玩得深，谁把谁当真；自古深情留不住，唯有套路得人心；一入套路深似海，从此节操是路人。慢慢地又演变成了心灵鸡汤：我走过的最远的路，就是你的套路；真正的套路不是骗你一次，而是骗你一次又一次。

一言不合就XX：知道出处的朋友并不多。其实这句话最开始是一言不合就开车。这个开车也是有深意的，就是一群贴吧的网友因为某一件事，报复性地往人家贴吧里面发一些不正规的链接图片什么的，诱导百度最后封了那个贴吧。那为什么说开车呢？其实这个跟“老司机带带我”是一个套路的。

这就是2016年十大流行词汇，代表着整个一年社会的变化，和人们心态上的一些进步。每个时代都有属于自己的印记，可能有的词语过了几年就没了，而有的会被一直沿用。词语只是时代的符号，其实我觉得2016年最值得我们铭记的，是一种精神和底气。

我们可以把这十个流行语串联起来，形容一下这个精神底气，那就是：我们的小目标之一，就是以工匠精神和洪荒之力，深入推进供给侧改革。决不允许一些党员、领导干部以吃瓜群众的心态和葛优躺的状态玩套路，否则一言不合，友谊的小船说翻就翻，到时候人民骂你、巡视组找你，你蓝瘦香菇也没用！

2016.09.14

这些广告都是神逻辑

现在生活中到处都有广告，电视、报纸、马路上的大屏幕、车站，包括广播。每次人家问我的节目多长时间，我都得跟他确认：“您问的是净长还是毛长？”毛长两个小时，净长三十分钟。

现在就连等个电梯的工夫，都能看好几个广告。电梯广告有图文的也有视频的。那天我就看到一个广告：一个男明星打扮成厨师的样子，一脸严肃，贼酷地咔咔向你走来，然后说：“不爱没有尝试就说不行，不爱就是不爱，我要极致完美。”

背景光线，包括明星，真的感觉很高端。但是作为一个文科生，我那天一直在考虑这个广告词儿到底是什么意思。“不爱没有尝试就说不行，不爱就是不爱”这完全就是前后矛盾的两句话啊！

首先第一句“不爱没有尝试就说不行”，是正常广告里都不会用到的三重否定句，其实意思只有三个字“爱尝试”，是肯定关系。但是后面那句“不爱就是不爱”，表达了一种傲娇的任性，而且是否定语气，跟前面那句完全矛盾！所以，你到底爱不爱？

挺好的明星，也可能还不错的产品，但是在这样神逻辑的广告词的陪衬之下，就会让人感觉不知道你在干什么。而像这样的广告还真不少。咱总结总结，您记忆当中那些神逻辑的广告词儿。

首先要说的就是“恒什么祥，羊羊羊”那个，把十二生肖轮着说了个遍，充分考验了听众对一个频道的忠诚度。这要是看到最后没换台只能说明一个问题，遥控器找不着了。

还有某巧克力广告：“听说下雨天，巧克力和音乐更配哦！”看完这个广告，我真的翻看了相关的人类行为学的书籍，真心没有看到下雨天、巧克力和音乐三者到底有什么联系。巧克力那么好吃的东西，你非得弄得那么忧郁干吗？

还有某电视广告：“电视买得好，爸爸回家早。”爸爸回家早不早跟电视有什么关系！你让妈妈情何以堪！一个为了看电视回家早的男人还能有什么出息！

有一个钢琴的广告更过分，说：“学琴的孩子不会变坏哟。”孩子会不会变坏是跟家教环境和人生经历有关系的，跟学什么没有任何关系！学过马列主义的还有个别贪污腐败的呢！学音乐可以陶冶情操，这就够了，你要说学琴的孩子不会变坏，那么你还记得曾在西安音乐学院学钢琴最后激情杀人的药家鑫吗？

还有某服装品牌的广告词也没逻辑，自己给自己下套：“什么什么之家，一年逛两次。”一般做买卖都希望你天天光顾，而这个广告词估计是想给商家塑造一个高冷范儿。不过你有没有想过这里面有一个巨大的BUG（缺陷）：一年来两次，很可能是一次是来买，一次是来退。

还有一种广告词属于乱拍胸脯型，比方说某便利店叫X家，“X家就是你家”。太可笑了，那么请问我在我家拿东西还需要付钱吗？

接下来这个大家更熟悉，某快餐连锁出了个盖饭，说：“这是妈妈的味道哦！”味不味道咱不说，你妈给你做饭就做那么一点儿啊！

汽车广告神逻辑的也很多。我记得有一个广告词叫“敢为天下先”。说实话，开车最重要的还是安全，可千万别说敢为天下先，因为普通超速的话都扣三分罚两百，你要是真天下先了，估计车都得被扣下。

这两年国家对广告治理得非常严格。2015年出的新法案就规定了诸如“最佳、最好、最爱、最高级”这样的词汇不能出现在广告当中。其实在国外，对于广告词的内容就有着非常严格的要求，别说虚假，就连夸大也不可以。

之前最著名的事件就是，红牛在美国的广告语“红牛给你双翅膀”。可是有顾客投诉，喝了红牛没能长出翅膀，说实话这个最开始我还觉得是顾客故意来捣乱的，万一你真长出翅膀了，那不就变成雷震子了吗？

但是在美国，没有所谓的“你觉得差不多就行”，而是严格地遵守广告法。最后红牛拿出一千三百万美元对两年内的所有美国用户做出赔偿。

广告词作为广而告之的存在，我觉得应该具有一定的艺术性。毕竟咱们也是个文化大国，之前说的那些没有逻辑的广告，虽然有些会让你记住，达到了所谓的广告目的，但是不能给人留下一个美好的印象，又有什么意义呢？难道我会因为你的广告奇葩去买你的东西吗？

当然，咱们中国还有些广告词儿很保守。从广告法和语法逻辑上都挑不出毛病来，比方说“不是每一杯牛奶都是XXX”，还有“穿什么就是什么”……确实挑不出毛病，但是我总是觉得哪里不对，什么都说了，又好像什么都没说。

我以后也可以用这种方式来主持节目了：“听众朋友，刚刚六十秒过去，又过了一分钟的时间，欢迎您继续收听由大铭为您主持的大铭的节目，这是跟其他节目都不一样的节目，因为不是每一个主持人，都叫Starming。”

2016.08.24

这些词在古代居然是完全相反的意思

时间是一个很有意思的东西，能把很多东西完全改变，比方说：能把沧海变成桑田；能把曾经放之四海而皆准的真理，变成今天的谬论；能让两个曾经爱得死去活来的人，变成势不两立的仇人；能让一个小时候怎么看怎么像吴彦祖的人，长大了变成吴孟达。

文化，也会随着时间的推移，发生质的改变。咱们就说最基本的词汇，以前是一个意思，但是现在却完全相反了。

以前，你说一个女人穿得特别“骚气”，立马想到的就是潘金莲这样的，但是现在，人家这叫“潮”。以前你说一个人傻，脑子有病，“这个人真二”！现在我们说“二”，指的是这个人呆萌可爱。以前我们说“干爹”，都是用来尊敬的，现在我们说干爹，都是用来买单的。以前我们说“土豪”，都是用来打倒的，现在都是用来交朋友的。所以随着时间变化，词义都在改变。

大家都喜欢看穿越剧，幻想着自己有一天穿越回去，凭借自己强大的历史知识，一定要做一番大事，就算做不了大事，起码大腿也比别人抱得更准。但是你可能没有想到，以前有些词跟现在完全是相反的意思，弄不好可能第一集你就挂了。

比方说“尤物”这个词。现在我们说女孩儿长得漂亮，倾国倾城，都叫“尤物”。但是在古代，“尤物”是贬义词，是祸患之源，正所谓“不妖其身，必妖于人”。你要是穿越回去，跟美女说“你是个尤物啊”，估计直接就死了。

“爪牙”，现在听起来是贬义，跟走狗差不太多。但是以前，爪牙是完全的褒义，皇帝大王旁边的大臣都可以称为爪牙，意思是得力助手。

“浑浑噩噩”，现在指的是这个人愚昧无知，糊里糊涂，是贬义。但是与古时的意思完全相反，“浑浑”是“浑厚”的意思，“噩噩”是“严肃”的意思，加起来就是形容人浑厚严正。所以按照古代的说法，你可以说你们领导是一个浑浑噩噩的人！

“无商不奸”，原来不是“奸”，而是“尖”。以前买米是以升斗做量器，故有“升斗小民”之说。卖家在量米的时候会以一把红木戒尺之类削平升斗内隆起的米，以保证分量又准又足。等交易完成了，商家还会另外在你的米斗上加一把米，冒个尖儿，尽量让利，而且已经成了习俗。但凡做生意，总给客人一点添头。就跟现在你买东西总想要点儿赠品，买菜还想饶头大蒜是一个道理。但是现在因为很多商人太狡猾，用螃蟹绑绳儿、鱼嘴灌铅等方式压秤，真是无所不用其极，所以现在人们才把“尖”变成了“奸”。

“五脊六兽”，这个词可真是有学问。现在我们说你这个人五脊六兽的，给人无所事事、闲得难受的感觉。但是五脊六兽本来是建筑的一个专有名词，指的是汉族宫殿式建筑，有上脊五条，四角各有兽头六枚。五脊，指一条大脊和四条垂脊。正脊两端有龙吻，又叫吞兽。我们看到很多宫墙城楼上旁边那两个檐儿，都好像是个龙头的形状。另外四条垂脊排列着五个蹲兽。所以，这些建筑细节，统称为“五脊六兽”。就建筑本身来讲，一个是比较科学的加固，还能显得美观，另外还可以辟邪。这是咱们中国建筑史上，劳动人民智慧的结晶。在古代，这只能是皇家贵族，或者身份显赫、家财万贯才能使用，普通老百姓没这个权力，所以那时候五脊六兽是个褒义词。比方说，有人说你高兴得五脊六兽的，意思就是说你像达官贵人一样，气色真好。但是现在意思完全改变了，说你闲着不知道该做什么好，百无聊赖，就跟房檐儿上那些蹲兽似的，往那一蹲，不知道干啥，想走还走不了……

最后说说“小鸟依人”。一般都说这姑娘啊，很温柔顺从。尤其结婚之前，都小鸟依人，让你决定这辈子一定要保护她。当然，结完婚以后，人家立马大鹏展翅了。你还是保护好自己吧！其实这个词无所谓褒义贬义，但是在古代，最开始它竟然不是形容女人，而是形容男人的。这个词出自唐太宗李世民之口。他和长孙无忌品评当朝人物，评论到著名书法家褚遂良时，太宗说：“褚遂良鲠亮，有学术，竭诚亲于朕，若飞鸟依人，自加怜爱。”大概的意思，就是说褚遂良这个人有文化有水平，在我的身边用心辅佐、帮助我，就好像小鸟依附在人的身上，很亲切自然，你说我能不喜欢他吗？褚遂良是李世民的书法老师，确实帮皇上解决了不少难题，所以唐太宗才会如此欣赏他，说他小鸟依人，一点儿都不怪异。

但是现在用这些词儿，肯定别扭。如果我说你：“你真是你们浑浑噩噩的领导的爪牙啊，每天都五脊六兽、小鸟依人地在你们领导身边，难道他是你的干爹吗？”你会不会打死我？！

2015.07.28

最容易读错的字

俗话说得好，人有失手马有失蹄。最近我就非常同情葛天同学。她在某节目中不慎把“闰土”的“闰”当成了“闺房”的“闺”，于是“闰土”不幸变成了“闺土”。26 日凌晨，葛天就此事发文道歉，表示自己对不起闰土和鲁迅先生，还是很谦虚的。

但是网上有两种截然不同的声音出现，有的人说 ：“蛮可爱的！”有的人说：“没文化真可怕。”

其实对于这个，我们主持人比葛天更有发言权。没有没剐蹭过的老司机，也没有没念错过字的主持人，除非是新闻联播那个手语主持人。

是人都会念错字。我小的时候看着“祈祷”念成了 “折寿”，看着“惭愧”念成了“渐鬼”。到现在还被我爸拿来嘲笑，说我这种人居然能从事文艺工作，想想确实挺见鬼的。

只是因为工作性质不同，有的人念错了就容易被放大，所以大伙儿在监督我们的同时，也得理解理解，不要抓住尾巴不放。有的字确实不认识，有的字那是防不胜防啊！不信我说说下面的字，我就不信你们都会！

比方说地名，安徽有两个地方，一个“亳州”，这个“亳”跟“毫”

特别像，太多的人读成了“毫州”，有没有？

另一个地方是六安，在这里读“lù”，但是大部分都读成 liù 安了，有没有？

在浙江，好多地方的地名都是变音的，比方说，台州的“台”，在这里得读一声。

重庆的涪陵我以前一直念的是“培陵”，直到后来出了个涪陵榨菜，我才记住了。

远的地方咱就不说了，就说这北京的好多地名，我们刚来的主持人都被坑过。你们谁能告诉我马家堡为什么叫马家堡（pù），那个字明明是城堡的堡，好吧？多音字也就算了。那么阜成门，北京人为什么都念成府成门，那个字明明是四声啊！好吧，北京语音有些许变调儿也算了。那么请问大栅栏为什么叫大石烂儿，那三个字明明是念大 zhà lán！一点联系都没有啊，亲！

其实反思一下，读错字不可怕，这是一次激励自己学习的机会，我就是因为这个才能一次又一次地学习。咱们不说公众人物那么虚荣，就说我们的工作性质是敞开服务大众的，确实应该在这方面对自己有着更严格的要求。

主持人读错字会降低自己的公信力，明星读错字词会伤害到自己苦心经营的形象。

接下来我要得罪几个明星了。当时产后复出的孙俪在接受某节目专访时提到自己的“困惑”，她说：“朋友们寄来的贺卡上很多都写着祝麟儿怎么怎么样，将来都不知道怎么跟孩子解释。因为自己的孩子并非之前盛传的名叫邓麟。”此言一出，网友纷纷拍砖：“这是什么逻辑？麟儿不是说你的孩子名字是麟，好吗？麟儿是用来赞美别人家孩子的专用称呼！”

我说那帮送贺卡的兄弟们你们也够酸的，装什么有文化啊，你直接通俗易懂点儿写上宝宝不就得了嘛！

其实人无完人，别说是娘娘孙俪，就是才女伊能静也有掉河里的时候。她曾在博客上写下《在永恒的寻找中》，里面有这么一句话："那些蒙尘的回忆，如曼陀罗般旋转旋转，每一个已经消逝的瞬间。"这句话听起来很美，但是仔细想想，曼陀罗是一朵花，是植物，带着根儿长地上那种，它旋转个什么鬼啊！后来才反应过来，伊能静同学可能认为所谓的曼陀罗，就是比较慢的陀螺。所以现在我每次在广场上看到有老人在那儿啪啪地抽陀螺，我都好想静静。

在美女大 S 的身上也有类似的状况发生。有一次，她跟老公汪小菲前往云南芒市参加慈善活动，期间夫妻俩多次微博互动。大 S 在微博上说："云南芒市是个很美、很干净、很平和的城市，这里有许多可爱的少数民族。老公的餐饮服务业能往这样美好的方向发展，贱内与有荣焉！"

本是美美地夫唱妇随，大 S 却犯了一个错误：没有女人会称呼自己为贱内！因为贱内是老公称呼自己媳妇儿的，不可以自称。你直接说"我"不就得了嘛。如果你真的想表达对老公的崇拜和自己的谦卑，你可以自称"贱妾"。

说到这里，我们还真的给大家普及一下，因为神州大地，泱泱中华，词汇之丰富，让我们不可想象，所以大伙儿犯错也是很正常的。

你要是英文，老婆就一个词儿——wife。但是在中国老婆的别称就太多了：有身份的人称老婆叫夫人，文人雅士称拙荆，普通人叫妻子，酸秀才称娘子，种地的叫婆姨，留过洋的叫达令，老年人叫老伴儿，中年人叫爱人，年轻人叫媳妇儿，小孩儿叫宝贝儿。北方人称孩他娘，南方人叫伢他妈，河北人称老婆为家里的，河南人称老婆为屋里头的，四川人称老婆则叫堂客。那些山区偏远之处的称呼就更有趣了：焐窝的，暖脚的，在一块睡觉儿的，吃饭一张桌儿的，睡觉一个窝儿的，下田一块坡儿的。对老婆亲热时称亲爱的，对老婆厌恶时叫那娘们儿。

其实老公也是一样，同样也有很多的称呼。除了通用的丈夫，从古至今还有：君、外子、官人、爱人、当家的、前面人、掌柜的、外面人、郎君、老伴、老头子、那口子、男人、老爱、那位老板，等等。

这时候有的女性可能坐不住了，不公平！中国文化男尊女卑，为什么形容老婆就是贱内，形容老公就没有一个对应的词呢？

这时候有很多女孩儿想了，就叫老公贱外吧！

其实你们想多了。这些年，老公在家里面早就有一个专属的称呼了，不过不叫贱外，叫——贱人。

后 记

致你们

这是我的第二本书。

往往第二次会比第一次做得更好，起码我是这么认为的。在这一次的统稿过程中，最明显的感觉就是，嗯，写得比三年前好多了；再配点儿图会更直观吧；用纸和设计其实可以再高端点；如果我揭秘十年前我写的私人日记……

这就是我这本书卖得比上一本贵的理由，你们理解了吗？

我不是一个作家，本职工作还是广播主持人，和你们每个人的工作一样重要，因为这个岗位在这个社会不可或缺。但是也不重要，因为地球缺了谁都能转。（客观来讲，缺了我的话，说不定地球还能转得稍微快点。）

很幸运的是，我的工作性质是能让很多人看到我们的工作成果，分享我们自己的点滴，也能跟各位成为最熟悉的陌生朋友。所以，这也是我和我的工作室的兄弟姐妹们，继续努力的最大动力。

还记得2005年大学毕业，挥泪离家，跟父母说："我们要天天视频聊天啊！"结果真相是，一周能想起打一个电话就不错了。

2006年，过着神仙般的日子，每天上班游手好闲，晚上不睡白天不起，感觉自己不是在工作，而是在旅游。

2007年，人生转折。在最找不到方向、节目挫败、停节目待岗的最低谷的时候，做了《大铭的快乐时间》，从此找到了一个努力的方向。

2008年，开始一个字一个字地写脱口秀，直到现在。

2009年开始接代言、广告，开始做形象大使，因为那个时候还有形象。

2010年声带小结，吃激素胖到现在的二百二十斤。

2011年温州劳模，方向盘上睡着，过年在医院打针，一天四档节目，离感动温州十大人物就差最后一步停止呼吸。

2012年在北京钓鱼台国宾馆开"大铭现象"个人研讨会。然后跟我最敬爱的、一直不放弃我、培养我的台长说，中央台要我，我想去。那是我唯一一次看到，那位素来严厉的女台长流眼泪，然后她说："你是该为自己考虑了。"

2013 年离开温州来到北京，从零开始，租着两千七百块的微型开间，厕所和床两点成一线。每天是开窗呼吸雾霾，还是关窗享受五谷轮回之气，是一个让人纠结的问题。

2014 年节目最好的时候占据了北京地区收听前三名，总算站稳了脚跟。那一次蓝港演唱会，原本是一次告别演出，可是，我吃了无数人的散伙饭之后，居然厚着脸皮留了下来，创立了“大铭工作室”，出了第一本书。

2015 年，《快乐早点到》获得央广十佳栏目。年底我通过比赛赢得了央广十佳主持，而我终于不用住在那个月租两千七百块的微型开间了，因为它涨到了三千二……

2016 年，做了很多不同的尝试，视频直播，短剧，演唱会，专场，发现还是最爱广播，那些浮夸的事情不适合我这种浮肿的身材。

2017 年，写第二本书《世界是“贫”的，大铭脱口秀》，出品第三本书——《我的北京记忆》，敬请期待。然后继续不爱早起，但是仍然准时像打了鸡血一样地告诉你：“现在是北京时间……”

这些年一路走来，迎来送往很多人，经历过高峰低谷，得到过别人得不到的，也失去得非常彻底。但是无论多累多苦，多荣耀多自豪，多慌张多绝望，幸运的是，你们一直都在。这让我自信，也让我冷静，让我坚定，也让我进步。我坚信，每一次际遇，都是一笔最宝贵的财富，当经历已经足以让我淡然地面对喜怒哀乐的时候，说明我的脱口秀还可以再说几年。

谢谢你们，我工作室的兄弟姐妹：曹然，张洁，胡宇，大迪，宇静；还有曾经调教过我的那些女搭档们：伍珂，乔乔，黄欢，蕊希；谢谢文艺之声乃至中央人民广播电台所有的领导和同事；谢谢李涛先生、魏胜利先生和莫晓芳女士对我的指导和照顾；谢谢锻造我的温州广播电视传媒集团；谢谢我的重要策划人王飞；谢谢我的那些老师们；谢谢我的家人；谢谢在一路上鼓励我和责备我的人。

最后，谢谢你，我最熟悉的，陌生朋友们，我会继续努力的。

PS：一. 本书当中所有脱口秀跟节目当中基本一致，只是为了方便阅读做了少许的书面化改动。

二. 由于日播节目需要大量的资讯和素材，所以文中难免会借鉴一些网络上的新闻、观点、图片和段子等，但是无法查明准确出处，在这里对这些优智的兄弟姐妹说声抱歉和感谢。

孙允铭

2017.03.26